ullstein

CLAUDIA THESENFITZ kann auf eine lange journalistische Karriere zurückblicken, hat unter anderem festangestellt als Chefreporterin bei TEMPO und *Petra* gearbeitet, bevor sie sich 2001 als freie Autorin und Journalistin selbstständig machte. Sie schreibt für alle großen Frauenzeitschriften und Magazine (*emotion, Brigitte, petra, Für Sie, Gala* u.v.m.) und hat unter anderem die Autobiografien von und mit Nena (2005, Luebbe), Dieter Wedel (2008, Luebbe) und Uwe Ochsenknecht (2013, Luebbe) geschrieben.

Von Claudia Thesenfitz sind bei uns erschienen:

Sylt oder Selters

Meer Liebe auf Sylt

Sylt oder solo

Mit James auf Sylt

Sylt oder Sahne

Sylt auf unserer Haut

Schlaflos auf Sylt

claudia thesenfitz

sylt oder süßes

EIN GLÜCKSROMAN

Ullstein

Besuchen Sie uns im Internet:
www.ullstein.de

Originalausgabe im Ullstein Taschenbuch
1. Auflage Mai 2023

Umschlaggestaltung: zero-media.net, München
Titelabbildung: Frau mit Camper - GettyImages / © Peter Cade; Leuchtturm - GettyImages / © Symbiont; Himmel, Möwe, Keks - © FinePic®, München
Gesetzt aus der Quadraat Pro powered by *pepyrus*
Druck und Bindearbeiten: ScandBook UAB, Litauen
ISBN 978-3-548-06669-1

Für dich

Entweder man ist konsequent – oder man lebt!

1

Ob 0,23 Gramm mehr Honig sofort eine Fettexplosion auf ihren Hüften verursachen würden? Das Risiko war Doreen deutlich zu hoch. Sie ließ die bereits abgemessene Flüssigkeit zurück ins Glas laufen und beschloss, einfach ganz auf den Honig zu verzichten. Die kleine Low-Carb-Müsli-Portion, die sie mit ungesüßter Hafermilch übergoss, würde auch so schmecken.

Sie warf einen Blick auf die Küchenuhr, griff sich die Schale, schaufelte die geschmacklose Masse eilig in sich hinein und spülte sie mit einem schwarzen Espresso doppio hinunter. In exakt 39 Minuten hatte sie einen Termin mit ihrem Chef. Was er wohl von ihr wollte?

Doreen warf einen letzten prüfenden Blick in den Spiegel, zupfte an ihrem Businesskostüm herum und platzierte den Fahrradhelm so sorgsam auf ihrem Kopf, dass er ihre Frisur möglichst wenig zerstörte. Da sie auf dem Weg zur Arbeit nicht aufs Radfahren verzichten wollte, hatte sie akribisch erforscht, welche Mixtur aus Haarspray, Festiger und Gel ihre Haare so in Form hielten, dass auch der Helm ihnen nichts anhaben konnte. Sie zurrte den Riemen unter dem

Kinn fest, schnappte sich ihre Tasche und schloss die Wohnungstür zweimal ab. Es war mühsam, das ultraleichte und sehr teure Trekkingbike aus dem Keller, die Treppe hoch, durch den Hausflur und auf die Straße zu bugsieren, aber auch darin hatte sie mittlerweile perfekte Routine.

Endlich aus dem Haus und auf der Eppendorfer Landstraße, stieg sie auf den Sattel und radelte los. Wie immer genoss sie die frische Morgenluft, in der noch das Versprechen lag, das jeder neue Tag mit sich brachte: Alles neu – alles möglich!

Sie radelte am Isekai entlang Richtung Außenalster und wich dabei geschickt den ausparkenden Nobelkarossen aus. Sie liebte es, den knirschenden Sandweg an der Außenalster entlangzufahren, wo sie Schwäne beobachten konnte und den Horden morgendlicher Jogger solidarisch zulächelte. Sport war eines ihrer Lebenselixiere, und nach Feierabend zog auch sie die bei den Läufern so beliebte Runde um die Außenalster.

Doreen war 43 Jahre alt und stolz auf ihren fitten, durchtrainierten Körper, an dem – im Gegensatz zu so vielen anderen Frauen ihrer Altersklasse – kein Gramm Fett zu viel war. Aber dafür tat sie auch einiges: Ihr Sportprogramm unterlag strengsten Regeln: Jeden Morgen stand sie um sechs Uhr auf und schwamm entweder im Kellinghusenbad ihre 25 Bahnen, oder sie absolvierte im Fitnessstudio ein ausgeklügeltes Fitnessprogramm im steten Wechsel zwischen Cardio- und Krafttraining – alles kontrolliert und dokumentiert durch ihre Apple Watch. Danach duschte sie kalt. Musste das Morgentraining wegen eines Termins ausfallen, lief sie stattdessen abends ihre Feierabend-Joggingrunde exakt im low aeroben Bereich.

Danach setzte sie sich an ihren Laptop und machte Listen, was am nächsten Tag zu erledigen war, denn selbstverständlich waren auch ihre Arbeitstage perfekt durchstrukturiert. Oft umfassten die Agenden mehrere Seiten, und meist war es deshalb schon nach 22 Uhr, wenn sie ins Bett ging.

Kein Wunder, dass da keine Zeit mehr für die Liebe blieb. Ihre letzte Beziehung war acht Jahre her und eher von beruflichem Support als von Leidenschaft geprägt gewesen.

Selbstverständlich war auch ihre Ernährung pedantisch kalkuliert. Im Zuge ihres minutiös pünktlichen 14 : 10-Intervallfastens ernährte Doreen sich ausschließlich biologisch und möglichst kohlenhydrat-, zucker- und fettfrei, nahm pro Tag nie mehr als 1500 Kalorien zu sich und kannte die Kalorienwerte aller Nahrungsmittel auswendig. Ihr BMI hatte noch nie über 22 gelegen.

Die vierzehnstündige Essenspause des Intervallfastens hatte sie von achtzehn Uhr abends bis acht Uhr vormittags gesetzt. Das hieß: Ab acht Uhr nahm sie ihre erste Mahlzeit – und spätestens abends um achtzehn Uhr ihre letzte Mahlzeit des Tages ein. Ein Rhythmus, der perfekt in ihre Tagesplanung passte.

Mittags gab es Salat mit einem Dressing aus Zitrone plus einem winzigen Spritzer Olivenöl. Das aber auch nur, weil die Vitamine des Salates sonst nicht optimal verwertet werden konnten. Dazu aß sie eine Scheibe Vollkornbrot. Abends nahm sie gedünsteten Fisch oder Huhn mit etwas Gemüse zu sich.

Arbeitsfreie Sonntage, die sie überbrücken musste, verbrachte sie damit, ihre Mahlzeiten für die Woche vorzubereiten und – mit Post-its versehen – im Kühlschrank akkurat aneinanderzureihen.

Hungergefühle bekämpfte sie mit Unmengen Mineralwasser, ungesüßtem Kaugummi – und Karotten. Das Gefühl, ihren Körper zu beherrschen und ihren Willen über dessen Bedürfnisse zu stellen, gab ihr ein Gefühl von Stärke. Und Macht. Wenn sie ihren inneren Schweinehund bezwingen konnte, dann würde sie auch noch ganz andere – in Personen manifestierte – Schweinehunde bezwingen können.

Wie fast alle Führungskräfte war auch Doreen der Überzeugung, Übergewicht sei ein deutliches Zeichen mangelnder Willenskraft und Disziplin. Erst kürzlich hatte sie wieder ein Interview mit einem Headhunter für Londoner Banken gelesen: *Die von uns ausgewählten Bewerber sind selten dick. Fit im Kopf gleich fit im Körper – das ist das allgemeine Mantra. Übergewicht haben geht im Banking nur, wenn man älter und sehr erfolgreich ist.* Das entsprach exakt Doreens Meinung. Schon mehrfach hatte sie Mitarbeiter wegen Gewichtszunahme entlassen oder gar nicht erst eingestellt.

Wenn sie mal ausging (in der Regel fast ausschließlich beruflich), dann galten für sie die drei großen »S«: Sashimi, Salat ohne Dressing und stilles Wasser. Wenn es sich auf Empfängen oder Feiern nicht umgehen ließ, ein Glas Champagner oder Weißwein in der Hand zu halten, nippte sie homöopathische Dosen aus dem Glas. Doreen war seit ihrer Jugend nicht mehr beschwipst gewesen – oder gar betrunken.

Disziplin bedeutete ihr alles. Sie war quasi die Kontrolle

in Person, die buchstäbliche Mrs Perfect. Doch genau wie Siegfried aus der Nibelungensage hatte sie eine beziehungsweise sogar zwei Schwachstellen, die sie maßlos ärgerten: War es bei Siegfried ein Lindenblatt, das die einzige Körperstelle markierte, an der er verletzlich war – so waren es bei Doreen zwei viel profanere, merkwürdigere Eigenarten: Beim Anblick der Hände alter Menschen geriet sie oft derart in Rührung über das gelebte Leben, die Höhen und Tiefen, Schmerzen und Freuden, von denen die faltigen, zerbrechlichen Finger und die zarte, pergamentene Haut der Handrücken erzählten, dass ihr unweigerlich die Tränen in die Augen schossen. Der andere Punkt waren weinende Babys jeder Art – egal ob Mensch oder Tier: Wenn sie einen winselnden Welpen oder ein greinendes Kleinkind hörte, schoss eine vulkanausbruchartige Welle von Mitgefühl wie Lava in ihr hoch, sodass sie schnell eine Toilette (oder einen anderen Fluchtort) aufsuchen musste, um sich wieder in den Griff zu bekommen. Wieso ausgerechnet diese beiden Dinge neuralgische Punkte waren, wusste sie auch nicht, und diese in ihren Augen inakzeptable Schwäche nervte sie wahnsinnig. Zu gerne wäre sie ein hundertprozentig kontrollierter Mensch gewesen, unverletzbar und emotional unangreifbar, und sie versuchte verzweifelt, diesem Anspruch an sich selbst zu genügen. Denn nur durch Selbstkontrolle, Selbstbeherrschung und klar kalkulierte Pläne – davon war sie überzeugt – war der Mensch in der Lage, außergewöhnliche Ziele zu erreichen. So wie dieser Mann, der letztes Jahr von Sankt Peter-Ording aus 50 Kilometer durch die Nordsee nach Helgoland geschwommen war. Eine Sport- und Willensleistung, die Doreen sehr beeindruckt hatte.

Einen Marathon zu laufen oder sogar den Ironman zu absolvieren, das würde sie auch reizen, doch die außergewöhnlichen Ziele, die Doreen erreichen wollte, waren aktuell eher beruflicher Natur. In den vergangenen Jahren hatte sie als Hoteldirektorin beziehungsweise Generalmanagerin steile Karriere gemacht. Nach ihrer Ausbildung im traditionsreichen Hamburger Hotel Jacob an der Elbe hatte sie fünfzehn Jahre lang für die Kempinski-Gruppe gearbeitet, die über siebzig Fünfsternehotels in 34 Ländern betrieb. In dieser Zeit war sie so viel in der Welt herumgekommen wie ein Profitraveller: Moskau, St. Petersburg, Kairo, Nairobi, Istanbul, Peking, Beirut – fast jedes Jahr wechselte sie in dieser Zeit in eine andere Destination, denn das Management wollte sie schleifen für die höhere Führungsebene. Mit 37 Jahren folgte endlich der Lohn der Mühe, und sie konnte ihren ersten Direktorenposten antreten – im Kempinski Khan Palace in Ulan-Bator, der Hauptstadt der Mongolei. Die Zeit dort war für Doreen bislang am prägendsten gewesen, denn sie musste extrem viel improvisieren und unter anderem Spitzenpolitiker wie die damalige Bundeskanzlerin Angela Merkel und Bundesverteidigungsminister Karl-Theodor zu Guttenberg betreuen.

Aber ihr Einsatz, der notgedrungen mit einem totalen Verlust von Privatleben, Beziehungen oder Freundschaften einherging (dafür blieb einfach keine Zeit, und die vielen Ortswechsel waren auch nicht gerade förderlich), lohnte sich: Langsam, aber stetig, kletterte sie die Hotel-Hierarchie hinauf, die sich, dank ehrgeizigen Headhuntern, die sie abwarben und ihr bessere Angebote verschafften, in immer interessanteren Positionen und Destinationen manifestierte.

Aktuell leitete Doreen die Hamburger Dependance der internationalen Luxushotelkette Le Parisienne und war verantwortlich für 150 Mitarbeiter und 177 Zimmer.

Auch nach mittlerweile über zwanzig Berufsjahren liebte sie ihren Job, der ihr ermöglicht hatte, die Welt kennenzulernen, und in dem kein Tag wie der andere war und sie täglich Lösungen für diverse Probleme finden musste.

Es war ein langer, steiniger und sehr harter Weg an die Spitze gewesen, und nicht selten hatte sie sich dabei mit dreifacher Leistung gegen männliche Kollegen durchsetzen müssen. Wie so viele vor ihr hatte auch Doreen feststellen müssen, dass es tatsächlich ziemlich einsam an der Spitze war: Unter Konkurrenten war kein Platz für Liebe – und mit untergebenen Angestellten fing man grundsätzlich nichts an. Ihre Befriedigung zog Doreen einzig aus ihrem Erfolg – die Liebe würde schon noch irgendwann kommen.

Ihr nächstes Ziel war Paris – oder noch besser: New York oder Dubai. Und früher oder später wollte sie in den Vorstand berufen werden. Die dafür nötigen (durchtrainierten) Ellenbogen, um sich durchzusetzen und durchzuboxen, besaß sie jedenfalls.

Das bewies sie auch jetzt gerade wieder, indem sie sich energisch durch die an der Ampel wartende Menschenmenge schob, um die lärmende Kreuzung Kennedybrücke zu überqueren. Sie ignorierte die empörten Blicke und das

Kopfschütteln der von ihr angerempelten Passanten und radelte zügig an der Binnenalster Richtung Jungfernstieg. Was Herr Marquardt bloß von ihr wollte? Bislang hatte sie den legendären CEO, der ständig von einer Destination zur nächsten reiste, nur virtuell kennengelernt.

2

»Frau Grüning wäre jetzt da!« Frau Kleiber, die resolute Sekretärin der Führungsetage mit Brille, Dutt und strengem Blick, legte den Hörer auf und nickte Doreen zu. »Wenn Sie bitte noch kurz Platz nehmen möchten? Herr Marquardt ist gleich für Sie bereit.« Sie setzte sich wieder und verschwand dadurch hinter dem eindrucksvollen Tropenholztresen.

Das Le Parisienne war ein ultramoderner Hochhausbau mit viel glänzendem Glas in der Hafencity, der bereits etliche Design- und Architekturpreise eingesammelt hatte. Doreen nahm auf einem der sündhaft teuren Ledersessel Platz. Den Fahrradhelm und die Tasche hatte sie kurz zuvor in ihrem Büro deponiert. Und war auf dem Weg dahin diversen Angestellten begegnet.

»Guten Morgen, Frau Direktorin«, hatte ihre Sekretärin sie begrüßt.

»Ach, guten Morgen, Frau Zemke!«, hatte sie entgegnet. »Denken Sie bitte daran, die weißen Rosen für die Hochzeitsfeier heute Nachmittag noch herzförmig arrangieren zu lassen?«

Sie genoss es immer noch, Frau Direktorin genannt zu

werden. Die Ehrfurcht in den Blicken ihrer Untergebenen ließ ihr Selbstbewusstsein stets zuverlässig anschwellen. Auch der Concierge und der Hotelpage hatten pflichtschuldigst devot genickt, als sie den Fahrstuhl betrat.

Doreen zupfte ihr Kostüm zurecht und überprüfte Make-up und Frisur mit einem letzten schnellen Blick in ihren kleinen Handspiegel.

Warten lassen – auch einer dieser bewährten Manager-Einschüchterungstricks, die Doreen nur zu gut kannte. Wahrscheinlich schaute er nur aus dem Fenster und drehte Däumchen, um sie zehn Minuten zappeln und dadurch immer nervöser werden zu lassen. Doch Doreen würde bestimmt nicht darauf reinfallen. Stattdessen sagte sie im Geiste ihre bewährten positiven Affirmationen vor sich auf: »Du bist stark«, »Du kannst alles erreichen, was du willst!«, »Er sieht in Unterhosen bestimmt ganz lächerlich aus!«. Besonders Letztere half ihr eigentlich immer, einschüchternde Situationen zu relativieren.

Auf dem Fahrrad hatte sie ergebnislos gegrübelt, was wohl der Anlass des Gesprächs sein mochte. War es jetzt endlich so weit? Stand die Beförderung nach New York aus? Doreen meinte mitbekommen zu haben, dass es in der dortigen Direktion Schwierigkeiten geben sollte ... Sie sah es schon vor sich: Sie, im Big Apple, in einem Triplex-Penthouse im 129. Stock des Central Park Towers, dessen exorbitante Miete sie sich mit ihrem sicherlich ebenso exorbitanten Gehalt locker würde leisten können. Was für ein Abenteuer. Was für ein Triumph!

»Frau Grüning, wenn Sie mir jetzt bitte folgen möchten?« Frau Kleiber war hinter ihrem Tresen aufgetaucht und blickte Doreen auffordernd an. Mit schnellem Schritt eilte sie trotz ihres engen, knielangen Kostümrocks über den langen Flur, öffnete eine schwere Holztür und wies Doreen an, einzutreten.

Vor ihr tat sich ein riesiges Loft mit einer deckenhohen Glasfront auf, die einen atemberaubenden Blick über die Hafencity bot. Ein paar sehr teure, sehr edle Designsitzmöbel standen fast verloren in dem großen Raum herum. Auf einem saß ein ihr unbekannter, grau melierter, extrem gut aussehender Mittfünfziger. Er erinnerte sie an Richard Gere.

»Ah, Frau Grünling. Wie schön!« Herr Marquardt lächelte ihr zu, erhob sich hinter einem gigantischen Schreibtisch und kam auf sie zu. »Darf ich Ihnen Herrn Winterbloom vorstellen, Vorstandsvorsitzender der Aquarius-Health-Resorts-Kette!« Er wies auf Richard Gere, der sich nun ebenfalls erhob, elegant sein Jackett zuknöpfte und Doreen formvollendet die Hand reichte. Sein vermutlich sündhaft teures und sehr angenehm duftendes Aftershave stieg ihr in die Nase.

»Grüning«, korrigierte Doreen die fehlerhafte Vorstellung durch Herrn Marquardt.

»Frau Grüning, freut mich sehr!« Herr Winterbloom zwinkerte ihr so charmant zu, dass sie tatsächlich errötete. Aber zum Glück war das unter ihrer dicken Make-up-Schicht nicht zu bemerken. Denn natürlich war auch ihr Make-up perfekt. Selbstverständlich war ihr die Aquarius-Health-Resorts-Kette bekannt, die unter anderem am Tegernsee einen

Luxus-Wellness-Tempel führte, dessen Zimmer nicht unter 14.000 Euro pro Woche zu buchen waren. Sollte sie dort etwa die Direktion übernehmen? Zu ihrem Körperbewusstsein würde es jedenfalls gut passen …

»Darf ich Ihnen einen Kaffee, ein Wasser oder ein anderes Getränk bringen lassen, Frau Grünling?«, fragte Herr Marquardt.

»Grüning«, korrigierte Doreen erneut. »Gerne einen Kaffee – schwarz!«

»Ach ja, entschuldigen Sie bitte!« Ihr Chef gab die Bestellung telefonisch an Frau Kleiber durch und wies seine Gäste an, sich auf einer ledernen Sitzgruppe niederzulassen.

»Frau Grüning, Sie sind eine unserer erfolgreichsten und dadurch vielversprechendsten Mitarbeiterinnen …«, setzte Herr Marquardt an.

Doreen lächelte geschmeichelt.

»… deshalb haben wir Großes mit Ihnen vor.« Er zwinkerte ihr jovial zu.

Kam er jetzt? Der Big Apple? Oder der Tegernsee?

Herr Winterbloom öffnete seine Louis-Vuitton-Tasche und breitete mehrere Entwürfe auf dem gläsernen Lounge-Tisch aus.

»Kommen Sie doch bitte mal heran, liebe Frau Grüning«, forderte er Doreen auf. Er räusperte sich und strich stolz über die Grafiken, die vor ihm lagen. Es waren Sanddünen darauf zu sehen, das Meer – und Wohnwagen … Die Hamptons? Noch eine Klasse besser als New York?

»Was Sie hier sehen, ist der Campingplatz Silbermöwe,

der auf Sylt zwischen Rantum und Hörnum liegt …«, erklärte Herr Marquardt.

»Aha«, sagte Doreen verwundert und schaute ihren Chef fragend an.

»Sicherlich haben Sie schon vom neuen Glamping-Trend gehört, liebe Frau Grüning …«

»Äh …«

»Glamour-Camping, also Camping im gehobenen Sterne-Segment.«

»Ja«, behauptete Doreen.

»Die Coronapandemie hat einen regelrechten Wohnmobil- und Camping-Boom ausgelöst, wie Ihnen bekannt sein dürfte«, dozierte Herr Marquardt. »Die Menschen durften nicht mehr in internationale Destinationen reisen und wollten sich zudem lieber cocoonen, als sich in großen Pauschal-Hotels eine Infektion einzufangen.«

Doreen nickte. Die Coronakrise war in den vergangenen zwei Jahren auch an der Le-Parisienne-Kette nicht spurlos vorübergegangen.

»Campen im sehr gehobenen Segment wird immer beliebter – gerade auf Sylt«, ergänzte Herr Winterbloom und zog eine neue Grafik hervor. Darauf war der Grundriss eines äußerst luxuriös ausgestatteten Geländes zu sehen, in dessen Mitte eine riesige Poollandschaft thronte, flankiert von den verschiedensten Wellnesseinrichtungen, einer Champagner-Bar und einer Outdoor-Hummer-Grillstation. Überall standen Palmen, knorrige Olivenbäumchen, Bananenstauden und Oleanderbüsche. Eindrucksvolle Buchsbäume und edle Bankirai-Terrassen säumten die großzügig bemessenen

Stellplätze, die private Zugänge zum Meer, eigene Strandsaunen und Whirlpools boten ... Ein Delikatessenshop, eine Bäckerei, ein Hundefriseur, -arzt, -Physiotherapeut und -Psychologe, ein Sternerestaurant, etliche Luxusboutiquen und exklusiv hinzubuchbare Butler beziehungsweise Assistenten ergänzten das unglaubliche Projekt. Abgerundet wurde der Entwurf durch einen Gyrocopter-Landeplatz, beheizbare Straßen und ein unterirdisches Kino.

»Darf ich vorstellen: die A&P-Outdoor-Resorts!« Herr Winterbloom schaute sie stolz und triumphierend an.

»Wir haben diesbezüglich mit der Aquarius-Group fusioniert und die neue Marke A&P konzipiert«, erklärte Herr Marquardt.

»A für Aquarius und P für Parisienne«, ergänzte Herr Winterbloom.

Frau Kleiber kam herein und überreichte Doreen ihren Kaffee, von dem sie sofort einen Schluck nahm, um ihre Verwirrung zu überspielen.

»Der Trend geht zurück zum Natur-Erleben, zu Clean Cuisine, zu Outdoor-Experiences – und wir werden ganz vorne mit dabei sein! Dank Ihrer Hilfe!«, strahlte Herr Marquardt sie an, nachdem Frau Kleiber die schalldicht gedämmte Tür wieder hinter sich geschlossen hatte.

»Wir werden Outdoor-Resorts an den wunderbarsten Plätzen der Welt eröffnen, und wir beginnen natürlich mit dem schönsten Fleckchen Erde Deutschlands – mit Sylt!«, ergänzte Herr Winterbloom geradezu euphorisch. Die beiden gestandenen Männer sahen so stolz aus wie zwei kleine Jungs, die gerade eine komplizierte Lego-Maschine zusammengebaut hatten. Vollkommen überzeugt von ihrer vermeintlich einmalig innovativen Idee.

Doreen nickte pseudobegeistert. »Großartig«, stammelte sie. Sylt. Was hatte das mit ihr zu tun?

»Mit Ihrem – verzeihen Sie – vorbildlich trainierten Körper«, Herr Marquardt musterte sie anerkennend von unten nach oben, »sind Sie genau die richtige Repräsentantin für unser neues Medical-Wellness-Outdoor-Konzept«, erklärte er, als hätte er ihre Gedanken erraten. »Um es kurz zu machen: Wir möchten, dass Sie das Resort managen!« Er strahlte sie an.

»Schön wäre allerdings, wenn Sie noch einen Wassersport erlernen würden. Können Sie surfen?«, fügte Herr Winterbloom hinzu.

»Äh?«

»Oder reiten? Einige Gäste möchten sicherlich ihre Pferde mit an den Strand nehmen.«

»Ja ...«, stotterte Doreen nebulös. Sie hatte mit elf Jahren mal Ferien auf einem Ponyhof verbracht und war beim ewigen Im-Kreis-Reiten auf den altersschwachen, durchgesessenen Gäulen nicht runtergefallen – aber galt das als »reiten können«?

»Prima!«, strahlten die Herren begeistert. Eine Negativantwort wollten sie ganz offensichtlich nicht hören.

»Wir werden mit einem millionenschweren Werbe- und Marketing-Budget an die Öffentlichkeit gehen. TV- und Kinowerbung plus ganzseitige Anzeigen in den einschlägigen High-End-Zeitungen. Wir werden Flyer per Wurfsendung in den besseren Stadtteilen von München, Hamburg, Berlin bis Düsseldorf verteilen – und natürlich einen fulminanten Web-Auftritt initiieren. Unsere Agentur sitzt schon dran ...« Herr Winterbloom rieb sich vorfreudig die Hände.

»Ab wann würde mein Einsatz dort denn beginnen?«, fragte Doreen zaghaft und stellte ihre geleerte Kaffeetasse auf einem Sideboard ab.

»Quasi ab sofort! Ich habe Ihnen ein Zimmer im Budersand-Hotel reserviert, bis wir ein passendes Appartement für Sie gefunden haben«, sagte Herr Marquardt.

»Aber Frau Grüning könnte doch in unserem Aquarius-Prototyp wohnen«, schlug Herr Winterbloom plötzlich vor. »Dann ist sie gleich vor Ort und kann sich in den Lifestyle hineinfühlen.«

»Das ist eine großartige Idee, Michael«, lobte Herr Marquardt.

»Moment!«, rief Herr Winterbloom, von sich selbst begeistert. »Hier, schauen Sie mal!« Er zog ein Laptop aus seiner Tasche, klappte es auf, klickte ein paarmal und startete eine Power-Point-Präsentation, die sich nun eröffnete. Sie zeigte ein gigantisches Wohnmobil mit ausfahrbaren Seiten. »Das ist der Prototyp unserer Aquarius-Collection, die wir für exklusive Kunden von Mercedes bauen lassen werden«, strahlte Herr Winterbloom und klickte die Videoführung an. Durch die offene Tür blickte man nun auf eine großzügige Leder-Lounge in gedimmtem, indirektem Licht. Es sah aus wie in einem Nobelklub. Die Kamera schwenkte weiter auf die Küchenzeile, die der Lounge gegenüberlag. »Die Küche ist aus schwarzem Kerrock – ein Material, das wie Marmor aussieht, dabei aber deutlich leichter ist«, erläuterte Herr

Winterbloom. »Es bildet einen reizvollen Kontrast zu dem warmen Holz, dem weißen Stoff an den Wänden und dem weißen Fußboden in Marmoroptik.«

Doreen nickte, Herr Marquardt setzte begeistert seine Lesebrille auf und trat näher an den Bildschirm heran. »Das ist ja absolut großartig, Michael!«

»Die Küche besitzt nicht nur einen Induktionsherd, sondern auch einen Geschirrspüler und einen Weinkühlschrank«, erklärte Herr Winterbloom und klickte weiter.

Nun kam ein riesiges Bett ins Bild.

»Das Hub-Bett passt sich dem nach oben zulaufenden Dach beim Absenken oder Hochfahren an, indem automatisch Seitenteile ein- und ausfahren«, erläuterte Herr Winterbloom. »Das Bad haben wir ins Heck verlegt.«

Die Kamera schwenkte auf eine erstaunlich große Dusche mit Glastrennwand, ein schwarzes Aufsetzwaschbecken, eine Keramiktoilette und einen beleuchteten Ganzkörperspiegel.

»Klasse, Michael!«, lobte Herr Marquardt anerkennend und klopfte mit der Hand jovial auf Herrn Winterblooms Schulter.

»Beeindruckend«, krächzte nun auch Doreen, weil sie ja irgendetwas dazu sagen musste. »Was kostet so etwas denn?«

»Rund 280.000 Euro«, sagte Herr Winterbloom lässig und klappte sein Laptop wieder zu. »Wir werden den Van nächste Woche auf die Insel schaffen.« Er schaute Doreen an und hatte offenbar eine Idee: »Oder möchten Sie ihn selber nach Sylt fahren?«

»Wie Sie wollen«, antwortete sie diplomatisch und hatte nicht die geringste Ahnung, wie sie diesen Koloss sicher über Autobahnen und Landstraßen lenken sollte.

»Prima!«, strahlte Herr Winterbloom. »Sie gefallen mir! Ich rufe gleich das Technikerteam an, und dann vereinbaren wir einen Übergabetermin.«

»Zunächst mal sollten Sie sich mit dem Landschaftsgärtner und dem Architekten koordinieren. Frau Kleiber wird Ihnen alle Kontaktdaten mailen«, bestimmte Herr Winterbloom. »Und Sie sollten auf die Caravan-Messe in Düsseldorf gehen, damit Sie über die neuesten Modelle informiert sind.«

Doreen nickte. Ihr wurde etwas schwindelig.

»Die Messe ist, glaube ich, in fünf Wochen. Frau Kleiber wird Sie anmelden.«

»Okay ...«

»Na, dann kann es ja losgehen!«, strahlte Herr Marquardt und nickte Doreen zu. »Ich stelle Sie ab sofort frei, liebe Frau Grüning!«

Wie auf Knopfdruck trat in diesem Moment Frau Kleiber in die Tür und servierte einen Kübel mit einer Champagnerflasche und drei eisgekühlte Gläser.

»Lassen Sie uns darauf anstoßen!«, rief Herr Winterbloom und machte sich daran zu schaffen, die Flasche zu entkorken.

»Eine Frage noch«, nahm Doreen ihren Mut zusammen und wandte sich an ihren Chef. »Wie haben Sie sich meine Honorierung vorgestellt?«

»Ach ja, meine Güte, gut, dass Sie fragen!«, rief Herr

Marquardt, schnappte sich einen Post-it-Block und kritzelte mit seinem Montblanc-Füller etwas darauf, während Herr Winterbloom die Gläser befüllte.

Herr Marquardt riss den Zettel ab, faltete ihn und reichte ihn Doreen. Darauf stand eine Zahl, die ihr den Atem verschlug.

»Ich nehme an, Sie sind einverstanden?«, grinste Herr Marquardt und stieß sein Glas an ihres.

3

Doreen war extrem flau im Magen, als sie nach Hause radelte – und das lag nicht am Intervallfasten. Nach dem Gespräch mit Marquardt und Winterbloom hatte sie in ihrem Büro das Nötigste zusammengepackt und Frau Kleiber gebeten, ihr den Karton per Kurier in ihre Wohnung zu schicken. Auf dem Rad konnte sie ihn ja schlecht mitnehmen ...

Dann hatte sie sich von ihren engsten Mitarbeitern mit der Ausrede verabschiedet, sie wäre für ein paar Wochen im Auslandseinsatz. Die Angestellten schienen nicht besonders traurig darüber. Doreen war nicht sehr beliebt. Ihren Untergebenen gegenüber trat sie stets kühl, sachlich und distanziert auf. Über das Privatleben ihrer Mitarbeiter wusste sie so gut wie gar nichts und interessierte sich auch nicht dafür. Teamausflüge oder Treffs lehnte sie grundsätzlich ab. Arbeit und Privatleben sollte man strikt trennen, war ihre Devise. Und Freundschaften im Job waren natürlich auch tabu. »Never fuck the company« hieß es doch.

Sie schloss die Haustür auf, schob ihr Fahrrad in den Flur und nahm den Helm ab. Sylt ... Sie war als Teenager mal im Zuge einer Klassenreise auf die Insel verschleppt worden und fand es furchtbar öde dort, überlegte sie, während sie das Bike die Kellertreppe hinuntertrug. Warum die Reichen und Schönen dieser Welt sich auf dieser Sandbank drängelten, wo es – Doreens Eindruck nach – nichts gab außer struppigem Dünengras, piksigen Heckenrosen und einem unberechenbaren Meer. Na ja, vielleicht würde sich ihr die Magie ja noch erschließen, wenn sie erst mal vor Ort wäre. Irgendwas musste an dieser Insel ja dran sein, wenn die Millionäre sie traumhaften Destinationen wie Mauritius oder Mykonos vorzogen.

Mit trainierter Schnelligkeit eilte sie die Treppe hoch und öffnete ihre Wohnungstür. Wie immer zog sie zunächst die Schuhe aus, hängte ihren Mantel sorgfältig auf einen Bügel an der Garderobe und legte ihren Helm neben dem Haustürschlüssel auf die Ablage. Sie schlüpfte in die bereitstehenden Puschen und ging in die Küche, um sich einen Ingwertee zu machen. Sie musste dringend nachdenken.

Gerade in Situationen, wo – wie heute – etwas Unvorhergesehenes geschah, beruhigten sie die akribische Ordnung und Sauberkeit, die in ihrer Wohnung herrschten. Alles war an seinem Platz. Zu wissen, dass alles seinen festen Ort hatte, gab ihr Sicherheit. Ihre Schuhe standen, perfekt geputzt, in Reih und Glied im Schuhregal. Ihre gestärkten Blusen, gebügelten Blazer, gereinigten Twinsets und Kostüme hingen in durchsichtigen Schutzsäcken mit jeweils drei Zentimetern Abstand im Schrank. Ihr Bücherregal war nach Farben geordnet. Die Bücher, die sie noch nicht gelesen hatte, befanden sich noch in ihrer Verkaufsplastikfolie. Die Fernbedienung für den Fernseher lag stets rechtwinklig zum Untersetzer auf dem Couchtisch, und ihre Sammlung antiker Bleikristall-Vasen wurde täglich abgestaubt.

Auch in der Küche herrschte strikte Ordnung: Das kleine Gestell mit den Nespresso-Kapseln stand exakt zehn Zentimeter neben der Maschine, ausgerichtet im 90-Grad-Winkel zur Spritzschutzwand.

Und jetzt sollte sie auf einem chaotischen Zeltplatz leben? Würde es auf dieser Insel überhaupt ihre anspruchsvollen Nahrungsergänzungsmittel und biologischen Lebensmittel geben?

Doreen nahm einen Schluck Ingwertee und setzte sich im Wohnzimmer auf die Couch. Es war erst fünfzehn Uhr, zu früh für ihre abendliche Joggingrunde. Sie klappte ihr Laptop auf und googelte den Zeltplatz und alles, was es darüber zu wissen gab. Ganze drei Hektar groß war das Areal. Das entsprach in etwa drei Fußballfeldern. Der ADAC hatte dem Platz drei von fünf möglichen Sternen verliehen – kein besonders gutes Ergebnis.

Es gab über 150 Wohnwagen- oder Wohnmobil-Standplätze und 27 fest vermietete Dauerplätze. Die Plätze für Zelte lagen direkt in den Dünen, und die weiß getünchten Sanitäranlagen sahen ziemlich abgerockt aus. Doreen nippte beklommen an ihrem Tee und klickte auf ein Video, in dem die TV-Moderatorin Bettina Tietjen ihre Kollegin Ina Müller zum Campen auf Sylt in ihr Wohnmobil einlud. Ina Müller zeigte sich darin komplett entsetzt von dem Campingplatz und befand, im Gegensatz zu den Plätzen, die sie aus Frankreich kannte, würde dieser Platz aussehen wie nach einem Atomkrieg.

Doreen klappte das Laptop zu. Na, das konnte ja heiter werden. Zum Glück war sie in einem superluxuriösen High-End-Van untergebracht, der keine Komfortwünsche offenließ. Sie klappte ihr Powerbook wieder auf und schaute sich ihr künftiges Heim noch mal genau an. Eindrucksvoll luxuriös und stilvoll sah ihr neues Zuhause aus. Darin würde sie sich schon wohlfühlen. Optimistisch leerte sie ihren Teebecher. Luxusurlaub auf Kosten des Arbeitgebers, der zudem auch noch exorbitant gut bezahlt wurde? Besser ging es doch eigentlich nicht, oder?

Und Marquardt und Winterbloom hatten mit ihrer neuen Geschäftsidee sicherlich recht: Um sie herum kauften plötzlich alle Camper und zeigten auf Instagram und Facebook stolz Fotos davon. Ihre Bekannten Bernd und Sabine hatten einen Van, mit dem sie – wie praktisch – auch im Alltag einkaufen fahren konnten, Ex-Freund Max hatte einen hypermodernen Surfer-VW-Bus und Schulkameradin Bettina einen selbst umgebauten Bulli. Doreens Nachbarn Werner und Nico hatten einen stylischen Eriba-Wohnwagen, und ihr Kollege Sebastian hatte sich kürzlich einen Outdooranhänger für seinen Jeep geleistet. Keine Frage – Camping lag im Trend. Und sie würde nun ganz vorne mitspielen.

Motiviert googelte sie die besten Laufstrecken und Biosupermärkte der Insel. Eine E-Mail von Frau Kleiber ploppte auf, in der sie ihr die angekündigten Kontaktdaten des Landschaftsgärtners und des Architekten sowie ihre Anmeldung zur Düsseldorfer Caravan-Messe zukommen ließ. Doreen schrieb die beiden Experten an und buchte sich einen

Flug zur Messe in fünf Wochen. Fehlte nur noch der Termin zur Übergabe des Aquarius-Vans. Sie checkte noch mal ihr Postfach. Bislang war nichts eingegangen.

Das Klingeln ihres Handys schallte durch die Stille ihrer Wohnung. Doreen schaute aufs Display. Es war Erika, ihre Mutter. Sie drückte das Gespräch weg. Erika wollte bestimmt wieder nur Geld von ihr. Und sicherlich war sie auch wieder stockbesoffen. Traurig strich Doreen über das Foto von ihr, das sie mit ihrer Telefonnummer gekoppelt hatte.

Letztlich war Erika der Grund für Doreens beruflichen Erfolg. Günther, ihr Vater, hatte die Familie verlassen, als sie neun war. Nach der Trennung von ihrem Vater hatte sich ihre Mutter haltlos in die Opferrolle fallen lassen und war in theatralischem Selbstmitleid versunken, das sie mit Alkohol und Essattacken betäubte.

Erika war erst sechzehn gewesen, als sie mit Doreen schwanger wurde, und neunzehn, als sie Doreens Schwester Elke auf die Welt brachte. Als sie Doreen erwartete, hatte sie ihre Ausbildung zur Bäckerin abgebrochen und nach der Geburt des zweiten Kindes auch nicht wieder begonnen. Sie hatte sich vollkommen auf die Ehe mit Doreens Vater, einem ungewöhnlich gut aussehenden, charismatischen Automechaniker, verlassen und freudig die Rolle der Hausfrau und Mutter angenommen. Leider blieb das gute Aussehen ihres Vaters in ihrem Wohnblock nicht unbemerkt, und er wechselte seine Geliebten wie andere ihre Unterhosen. Als er seine »drei Mädels« (Erika, Doreen und Elke) verließ, war bereits die nächste Siebzehnjährige von ihm schwanger, und er zog mit ihr nach Holland.

Doreen hatte ihn nie wiedergesehen, wusste gar nicht, ob er überhaupt noch lebte. Aber Sonnyboys wie er kamen ja generell recht gut durchs Leben …

Erika verfiel daraufhin in eine Art Broken-Heart-Lähmung, hing Tag und Nacht vor der Glotze, ließ sich von strunzdummen Realityshows berieseln und schüttete Billigcognac (Sternmarke aus dem Supermarkt), Erdbeerprosecco und Fast Food in sich hinein. Sie ging auf wie ein Hefeteig, bevor man ihn erschreckte, und wurde immer träger. Sie überließ sich vollkommen ihren Depressionen und ließ die Familie dadurch immer tiefer den sozialen Abgrund hinunterstürzen. Obwohl Doreen erst neun Jahre alt gewesen war und gerade mal schreiben und lesen konnte, hatte sie die Position des Familienoberhauptes einnehmen müssen, um das schwer angeschlagene Schlachtschiff Familie durch die trüben Gewässer und gefährlichen Klippen von Jugendamt, Sozialhilfe, Mietrückständen und Hochhauswohnung zu navigieren. Damit die Mutter das Sorgerecht nicht verlor, hatte Doreen jedes Mal, bevor die Frau vom Jugendamt vor der Tür stand, die gesamte Wohnung aufgeräumt, ihre Mutter geduscht und frisiert und ihre Schwester ordentlich angezogen.

Morgens schmierte sie die Schulbrote für sich und Elke, mittags wärmte sie Dosen-, Fertig- oder Tiefkühlgerichte auf. Erikas einziger Beitrag zur Alltagsbewältigung bestand darin, regelmäßig die Alimente von der Bank zu holen, die ihr Vater zum Glück zuverlässig überwies. Leider gab sie den Großteil davon schon auf dem Rückweg für Alkohol und Zigaretten aus, sodass Doreen begann, Erikas geliebte

Sternmarke heimlich mit schwarzem Tee, der dieselbe Farbe hatte, zu strecken, damit die Flaschen länger voll waren und der Vorrat länger hielt.

Bis heute konnte Doreen ihrer Mutter nicht verzeihen, dass sie sich so hatte gehen lassen. Dass sie einfach selbstmitleidig in ihr angeblich so schreckliches Schicksal versunken war, anstatt den Rücken gerade zu machen, Verantwortung zu übernehmen und für ihre Töchter zu sorgen.

Damals hatte Doreen sich geschworen, eine solche Schwäche bei sich selbst niemals zuzulassen. Dank ihres eisernen Willens, von dem sie auch nicht genau wusste, woher sie ihn eigentlich bezog, hatte sie es geschafft, ihren Realschulabschluss zu machen und schließlich eine Lehre als Hotelfachfrau zu beginnen. Oft hatte sie erst tief in der Nacht lernen können, weil sie die Familie mit Nebenjobs an der Supermarktkasse und mit Zeitungsaustragen über Wasser hielt. Nicht selten hatte sie das Essen, das ihrer Familie das Überleben sicherte, von irgendwelchen Tafeln holen müssen. Die Demütigung und Scham dafür hatte sie nie verwunden.

In ihrer gesamten Kindheit waren sie nie in den Urlaub gefahren oder essen gegangen. Hotels kannte sie nur vom Hörensagen beziehungsweise von Bildern aus dem Web. Als sie für ihr Bewerbungsgespräch zum ersten Mal ein Hotel der Premiumklasse betrat, glaubte sie, ihren Augen kaum zu trauen. Kein Wunder, dass sie nach einer derart entbehrungsreichen Kindheit geradezu süchtig nach Luxus und

Statussymbolen geworden war. Hier wollte sie nie wieder weg! Diese Welt sollte ihre sein – und sie wurde es auch …

Schon als Kind hatte Doreen sich vorgenommen, dass sie es besser machen würde. Im Gegensatz zu Erika, die sich vollkommen gehen ließ, würde sie Disziplin beweisen, sich Ziele setzen und diese auch erreichen. Wenn man sich plötzlich im offenen Meer befand, musste man schwimmen lernen – oder man ging unter. Und Doreen schwamm!

Dass sie schon so früh gelernt hatte zu kämpfen, war ihr im Job stets zugutegekommen – typisch für so viele Biografien erfolgreicher Menschen. Auch Ex-Bundeskanzler Gerhard Schröder zum Beispiel war vaterlos aufgewachsen, nachdem dieser im Zweiten Weltkrieg gefallen war. Mit seiner Schwester und seinen drei Halbgeschwistern war Schröder in sehr ärmlichen Verhältnissen groß geworden. Die Familie lebte in einer einfachen Baracke, seine Mutter arbeitete als Putzfrau, und der Ex-Bundeskanzler musste Bauern bei Ernte- und Stallarbeiten helfen.

Oder der Luxusdesigner Ralph Lauren, dessen Vermögen aktuell auf 6,2 Milliarden geschätzt wurde und der als jüngstes von vier Kindern im ärmsten Teil der New Yorker Bronx aufgewachsen war.

Oder die Schauspielerin Andrea Sawatzki, die ihren dementen Vater hatte pflegen müssen. Oder oder oder …

Vom Tellerwäscher zum Millionär, von ganz unten nach ganz oben – Beispiele gab es viele, und auch Doreen hatte es geschafft! Sowohl figürlich als auch beruflich. Sie wohnte in bester City-Lage, verdiente ein fünfstelliges Monatsgehalt und hatte eine Figur wie ein Topmodel. Niemand, der Doreen als erfolgreiche, durchtrainierte und stets perfekt gekleidete Hotelmanagerin erlebte, würde hinter ihrer Fassade einen solchen Kindheitsabgrund vermuten.

Waren Doreen und Elke in der Schule oft wegen ihrer billigen, abgetragenen Klamotten gehänselt worden – so besaß Doreen heute eine erlesene Designergarderobe von Vuitton bis Tom Ford, von Armani bis Chanel. Sie trug eine edle Rolex-Uhr am Arm und besaß mehrere Handtaschen im Wert eines Kleinwagens. Nie wieder würde sie wegen ihrer Kleidung herablassend behandelt werden – dennoch kam sie sich zwischen all den Reichen und Schönen, zwischen den Politikern und Prominenten, die im Hotel zu Gast waren, stets wie eine Hochstaplerin vor. Denn die hatten alle wirklich Geld und Status, sie dagegen war letztendlich nur eine Angestellte in diesem System. Eine Dienstleisterin. Auf diese Weise würde sie nie richtig zur besseren Gesellschaft gehören. Das wusste sie. Aber sie genoss es trotzdem, sich in diesem Universum bewegen zu dürfen.

Immer noch saugte sie das luxuriöse Ambiente, das die großen Fünfsternehäuser boten, auf wie ein ausgetrockneter Schwamm: die edlen Eingangshallen, die stylischen Lounges, die perfekt gekleideten Kellner, die Concierges und Pagen in ihren Uniformen, die eleganten Benimmregeln und die durch dicke Teppiche schallgedämpfte, vornehme Diskretion.

Der Luxus und Wohlstand, in denen sie sich nun schon seit über zwanzig Jahren bewegte, waren wie Medizin, wie Balsam für diese frühen Wunden auf ihrer Seele. Es würde nicht leicht sein, die nächsten Wochen darauf zu verzichten.

Aber zum Glück war sie ja in diesem High-End-Caravan untergebracht, dessen Fünfsterneausstattung keine Wünsche offenließ …

Der Erinnerungsfunktion ihrer Apple Watch riss sie aus ihren Gedanken. Siebzehn Uhr – Zeit für ihr Laufpensum. Doreen rappelte sich hoch, zog ihre Laufsachen an, schnappte sich den Wohnungsschlüssel und ging joggen.

4

Die Nacht war unruhig und schlaflos. Doreen wälzte sich hin und her und tat kein Auge zu. Der ungeplante Haken, den ihre ansonsten beeindruckend geradlinig verlaufene Karriere gerade schlug, beunruhigte sie unterbewusst offenbar mehr, als sie sich eingestand. Wollten die CEOs sie auf diese Weise abservieren? War sie zu alt? Als Frau nicht mehr attraktiv und für die Leitung eines Spitzenhotels dadurch nicht mehr repräsentativ genug? Männer wurden ab vierzig zu Silberrücken und mit jeder grauen Haarsträhne markanter – und Frauen?

Nachdem sie sich endlos hin und her gewälzt hatte, sodass das stramme Spannbettlaken unbequeme Knitterfalten zog, stand sie um 5:07 Uhr entnervt auf und begann, Frühstücksmüsli-Portionen auf der Waage abzumessen und einzutüten. Wer wusste schon, ob sie in der Sylter Pampa dazu kommen würde? Und wenn ihr gerade schon ihr perfekt durchorganisierter Alltag entglitt – dann wenigstens nicht ihr ausgeklügeltes Ernährungskonzept!

In ihrer Kindheit hatte es immer nur billige industrielle Nahrungsmittel von Lidl oder Aldi gegeben – ohne Nährwert und Vitamine, dafür mit umso mehr Fett, Zucker und chemischen Zusatzstoffen. Pommes, Tütensuppen, Tiefkühlpizza – sie kannten es nicht anders, bis zu dem Tag, an dem eine engagierte Ernährungsberaterin in die fünfte Klasse des Problemstadtteils kam, in dem Doreen aufgewachsen war, weil über dreißig Prozent der Schüler übergewichtig waren.

Die Ökotrophologin schaffte es, Doreen zu vermitteln, dass körperliche Gesundheit ein Kapital ist, mit dem man nicht sorglos umgehen sollte. Ab dieser Erkenntnis stellte sie Einkaufsliste und Ernährungsplan um und fabrizierte für sich, Elke und Erika gesunde Gerichte. Das war gar nicht teuer und sehr einfach möglich, wie die engagierte Frau ihr gezeigt hatte. Eine Linsensuppe zum Beispiel oder auch ein Blumenkohl im Ofen waren sehr schnell herzustellen und verhältnismäßig gesund. Auch Schokolade, Bonbons und Gummiteddys wurden vom Einkaufszettel verbannt und durch frisches Obst und Gemüse ersetzt. Bei Elke hatte die Ernährungsumstellung dennoch leider nicht gefruchtet. Sie kam eher nach Erika …

Missmutig befüllte sie die nächste Müslitüte und vakuumierte sie mit ihrem eigens dafür gekauften Gerät.

400-mal lachen Kinder im Durchschnitt pro Tag, hatte Doreen kürzlich gelesen. Erwachsene nur noch fünfzehnmal. Nahm man diese Statistik als Grundlage, war Doreen schon mit neun Jahren erwachsen gewesen. Sie hatte in ihrer Kindheit buchstäblich nichts zu lachen gehabt …

Als das Schwimmbad, in dem sie ihre morgendlichen Runden drehte, endlich um sechs Uhr öffnete, hatte sie stattliche 37 Tüten abgewogen. Das würde ja wohl vorerst reichen.

Die Monotonie ihres Brustschwimm-Rituals (25-mal auf der 50-Meter-Bahn hin und zurück, also beeindruckende zweieinhalb Kilometer) tat gut und fegte ihren Kopf frei. Den Rest erledigte der Kaffee, den sie sich anschließend genehmigte. Das Müsli folgte um acht Uhr, auf die Minute pünktlich zum Ende des nächtlichen Fastenintervalls.

Um 8:35 Uhr, als sie gerade mit Föhn und Haarspray ihre Office-Frisur perfektionierte, klingelte ihr Handy. Das war bestimmt der Techniker, der ihr den Aquarius-Van übergeben sollte. Sie schaute aufs Display – zu Doreens Überraschung war es Frau Kleiber.

»Guten Morgen, Frau Grüning!«, schmetterte die Sekretärin mit schneidender Stimme. »Herr Marquardt würde Sie gerne noch mal sprechen.«

»Gerne.«

»Moment, ich verbinde.«

Doreen legte den Föhn beiseite und trank den letzten Schluck Kaffee aus ihrer Tasse.

»Guten Morgen, liebe Frau Grönings«, begrüßte sie der tiefe Bass von Herrn Marquardt. Mit dieser angenehmen, beruhigend-brummigen Stimme hätte er ohne Probleme Radiomoderator werden können. Oder Countrysänger ...

»Grüning«, korrigierte Doreen.

»Wie? Ach so! Entschuldigen Sie bitte!«

»Kein Problem!«

»Also, liebe Frau Grünich, könnten Sie heute noch mal kurz in mein Büro kommen?«

»Natürlich.«

»Sagen wir um elf Uhr?«

»Gerne.«

»Prima, dann bis gleich!«

Irritiert drückte Doreen auf den roten Hörer ihres Displays. Was hatte das nun wieder zu bedeuten? Vielleicht gab es ein Meeting mit den Sylter A&P-Camp-Beteiligten, also den Architekten, Bauleitern, Marketingspezialisten und dem Creative Team, mutmaßte sie. Oder ihr Van war schon geliefert und stand am Hotel? Egal, sie würde es ja gleich erfahren, beendete sie die Mutmaßungen und holte das Bügelbrett aus der Abstellkammer, um Bluse und Kostüm frisch aufzubügeln und eine To-do-Liste für den heutigen Tag zu erstellen.

Als sie mit dem Fahrrad vor dem Hotel ankam, stand Herr Marquardt vor dem Eingangsportal und unterhielt sich mit einem jungen Angestellten in Hoteluniform. Es war Tobias Wolters, Auszubildender im ersten Lehrjahr, soweit Doreen sich erinnerte. Sie hatte ihn vor fünf Monaten eingestellt.

»Ach, Frau Grünick, schön!«, begrüßte Herr Marquardt sie erfreut, als sie den Helm abnahm und auf die beiden Männer zuging.

»Grüning«, korrigierte Doreen.

Herr Marquardt lachte. »Ja, natürlich. Entschuldigen Sie!«

»Kommen Sie, setzen wir uns doch erst mal!« Herr Marquardt nahm sie am Arm. »Tobi, kommen Sie bitte auch?«, forderte er zu Doreens Erstaunen den Azubi auf, dirigierte sie durch die Lobby und führte sie auf die Außenterrasse mit Blick auf die Hafencity. Zu Doreens großer Überraschung setzte sich der blonde Jüngling mit an den Tisch. Herr Marquardt bestellte beim beflissen herbeieilenden Kellner Kaffee und Wasser, räusperte sich und wandte sich an Doreen.

»Meine Liebe, vermutlich haben Sie mitbekommen, dass die Kündigung von 35 Dauerstellplätzen auf dem Campingplatz in Westerland kürzlich für hohe Wellen und Negativschlagzeilen gesorgt und sowohl Protestaktionen als auch eine große Medienaufmerksamkeit nach sich gezogen hat.«

Doreen nickte, denn das hatte sie gerade erst gestern recherchiert. Nicht nur die vertriebenen Camper hatten sich empört, dass der Campingplatz-Eigner künftig doppelt so viel verdienen würde, wenn er die Plätze für Tagesgäste freihielt. Auch die Sylter waren über dieses neue Ausmaß der Gewinngier absolut entrüstet.

»Wir können auf keinen Fall riskieren, dass uns das Gleiche passiert«, mahnte Herr Marquardt mit ernstem Gesicht. »Ein positives Standing in der Öffentlichkeit ist unerlässlich für ein Wellness-Resort dieser Größenordnung! Negative Presse oder Protestaktionen müssen also unbedingt vermieden werden!«

»Auf jeden Fall«, stimmte Doreen zu.

»Recht so!« Herr Marquardt nickte zufrieden. »Es wäre sehr unschön, wenn das Projekt von Anfang an in Verruf geriete. Denn dadurch gäbe es nur Schwierigkeiten mit der Gemeinde, dem Bauamt und auch den Baufirmen und Zulieferern.«

»Vollkommen klar«, kommentierte Doreen.

»Herr Winterbloom und ich haben uns gestern Abend deshalb noch mal zusammengesetzt und uns Folgendes überlegt: Wir schleusen Sie undercover ein!« Triumphierend schaute er sie an.

»Äh …?«

»Der Aquarius-Van ist viel zu auffällig. Damit erregen Sie doch sofort das Misstrauen der Camper«, erklärte Marquardt.

»Ja, vermutlich …«, murmelte Doreen enttäuscht.

»Wir werden Ihnen deshalb stattdessen einen unauffälligen, alten VW-Bus als Unterkunft stellen, damit Sie erst mal das Vertrauen der Leute gewinnen und sich unerkannt ein Bild machen können, ohne Aufregung oder Unruhe zu verursachen! Der Bus ist natürlich mit schnellstem WLAN ausgerüstet!« Er strahlte sie an. »Tobi hier wird Ihnen das Fahrzeug gleich übergeben und erklären«, wandte er sich an den rotwangigen Azubi und schlug ihm kumpelhaft auf die Schulter.

Der verschluckte sich daraufhin an seinem stillen Wasser, nickte aber trotzdem beflissen und krächzte: »Sehr gerne!«

Doreen kam sich plötzlich vor wie in einem James-Bond-Film. Der bekam doch auch immer Fahrzeuge mit Geheimfunktion gestellt. Nur dass Herr Marquardt nicht die geringste Ähnlichkeit mit Judi Dench alias die mysteriöse »M« aufwies, der blonde Tobi ganz sicher nicht Miss Moneypenny war – und sie selbst nicht Sean Connery … Und dass ein alter VW-Bus sicherlich nicht im Entferntesten mit den

Topgeschossen des britischen Geheimagenten mithalten konnte.

»Sie wären also vollkommen inkognito unterwegs, und Ihre Hauptaufgabe bestünde zunächst darin, sich um die Stimmung auf dem Platz zu kümmern und vor allem um die Dauerplatzpächter! Die müssen freiwillig kündigen, vorher können wir nicht loslegen!«

Doreen nickte beklommen.

»Es darf nichts von unseren Plänen durchsickern«, mahnte Herr Marquardt. »Die Mund-zu-Mund-Propaganda ist nicht zu unterschätzen. Überlegen Sie sich im nächsten Schritt irgendwas Ökologisches! Irgendetwas, das diese Umweltfuzzis und linken Hippies beeindruckt und verstummen lässt. So wie der Lanserhof es mit den Sandaufschüttungen in Munkmarsch gemacht hat, wissen Sie?«

Doreen erinnerte sich. Um die naturgeschützten Sanddünen für ihr Bauprojekt abtragen zu dürfen, hatte die Lanserhof-Gruppe versprochen, den abgetragenen Sand am Munkmarscher Strand aufzuschütten. »Aber ging das nicht vollkommen daneben, weil die Baufirma statt dem abgetragenen Sand Bauschutt aufgeschüttet hat, der Metallteile, Glas, Beton und Styropor enthielt, was dann mühsam wieder vom Strand abgesammelt werden musste?«, wandte sie ein.

»Jaja, mag sein«, brummte Herr Marquardt unwillig. »Sie sollen es ja auch nicht genauso, sondern besser machen!« Er schaute Doreen prüfend an, die seinem Blick standhielt. »Versuchen Sie, jemanden von dieser Bürgerinitiative Rüm Hart, die am Beherbergungskonzept für die

Gemeinde Sylt schrauben will, auf Ihre Seite zu ziehen! Gehen Sie auf die Mitgliederversammlungen. Tun Sie so, als wären Sie eine von ihnen!«

»Okay«, nickte Doreen und schrieb arbeitseifrig ein paar Notes in ihr Handy, was Marquardt zufrieden registrierte.

»Der Landschaftsarchitekt wird natürlich auch undercover agieren! Er dreht sich schon täglich Rastalocken!« Marquart lachte, als wäre das alles ein gigantischer Spaß!

Auch der Azubi kicherte pflichtschuldig. Warum durfte der dieses Gespräch überhaupt mit anhören, wunderte sich Doreen.

»Tobi hat übrigens eine Verschwiegenheitserklärung unterschrieben«, sagte Herr Marquardt, als hätte er ihre Gedanken gelesen. »Und es wäre sehr dumm von ihm, diese zu brechen, da er in unserem Haus ja noch hoch hinauswill, nicht wahr, Herr Wolters?« Er schlug ihm erneut die Hand auf die Schulter.

Der Azubi lief knallrot an, hustete und nickte beflissen.

»Dann wäre ja alles geklärt«, beschloss Herr Marquardt und erhob sich. »Alles Weitere wird Ihnen nun Tobi zeigen.«

Auch der Azubi und Doreen erhoben sich.

»Nehmen Sie sich an Personal mit, was Sie brauchen. Es soll Ihnen außer an Komfort«, er deutete mit dem Kopf Richtung Parkplatz und zog die Mundwinkel zu einem süffisanten Lächeln hoch, »an nichts fehlen! Wir werden Ihnen jede Form von Unterstützung genehmigen. Und selbstverständlich haben Sie auch ein eigenes Spesenkonto.«

»Schön«, stammelte Doreen, der dazu kein sinnvoller Kommentar einfiel.

»Viel Erfolg! Ich freue mich, von Ihnen zu hören«, sagte Herr Marquardt, reichte Doreen die Hand und machte sich auf den Weg Richtung Lobby.

»Und Frau Brüning?«, drehte er sich plötzlich noch mal um.

»Ja?«

»Ein Kostüm ist für Ihren Einsatz auf Sylt eher ungeeignet. Haben Sie auch Jeans und Hoodies?«

Doreen nickte.

»Prima! Dann ist das ab jetzt Ihre neue Garderobe!« Er zwinkerte ihr zu, drehte sich wieder um und verschwand in der Lobby.

Tobi schaute Doreen fragend an. »Wollen wir dann, Frau Grüning?«

»Gerne«, sagte Doreen indigniert.

»Wenn Sie mir bitte folgen möchten?«, bat Tobi, ging zum Parkplatz voraus und stoppte stolz vor einem blauen VW-Bus.

»Voilà! Darf ich vorstellen: Willy the Bulli! Der ist nun für die nächsten Wochen Ihr Zuhause!« Der junge Azubi strahlte, als hätte er ihr gerade ein grandioses Weihnachtsgeschenk überreicht, und öffnete mit großer Geste die Schiebetür.

»Willy the what??« Doreen starrte fassungslos auf den blauen Klotz, der aussah wie ein fahrender Lego-Stein. Oder ein Mars-Riegel auf Rädern. Rechteckig und alles andere als aerodynamisch …

Obwohl sie seit dem Gespräch mit Herrn Marquardt geahnt hatte, was auf sie zukommen würde, war sie schockiert.

Statt vor einem rund 300.000 Euro teuren Luxusmobil, stand sie nun vor einem rostigen Oldtimer, der offenbar ihrem Azubi, der trotz seines jungen Alters ausgewiesener VW-Bus-Spezialist zu sein schien, gehörte.

Der stolze Eigentümer hatte bereits die Schiebetür aufgeschoben, war in den Bus geklettert und begann nun, das Interieur anzupreisen: »Hier, in diesem kleinen Schrank, befindet sich die Toilette«, strahlte er und deutete auf einen bierkastenförmigen, holzverkleideten Würfel mit Türgriff, der hinter dem Fahrersitz stand.

»Wie bitte? Das soll eine Toilette sein?«, konterte Doreen und war davon überzeugt, der kleine Wolters hätte sich einen Scherz erlaubt. Ganz schön mutig von ihm, dachte sie, aber da öffnete Tobi auch schon die Bierkasten-Tür und zog mit beiden Händen eine Toilette im Miniaturformat heraus.

»Porta Potti!«, sagte er und zeigte voller Stolz mit ausgestrecktem Arm auf die Minitoilette, als wäre sie seine Erfindung.

»Porta was?«, schoss es aus Doreen heraus.

War das hier ein verspäteter Aprilscherz? Versteckte Kamera? Langsam fühlte sie sich von Marquardt und Winterbloom auf den Arm genommen.

»Mein lieber Herr Wolters«, sagte Doreen, baute sich vor ihm auf und stemmte die Hände in die Hüften. »Sie glauben doch wohl nicht im Ernst, dass ich dieses Zwergen-WC benutzen werde?« Sie schnaubte. »Wir sind doch hier nicht bei Swiss Miniature!«

Tobi schluckte erschrocken und schaute sie mit aufgerissenen Augen an.

»Wo ist denn hier überhaupt der Wasseranschluss?«, setzte sie nach.

»Ähem, also, Frau Grüning, beruhigen Sie sich bitte, das ist eine sehr moderne Chemietoilette, es gibt absolut keine Geruchsbildung! Das Porta Potti ist das Nonplusultra auf dem Campingmarkt!«

Wenn er noch mal »Porta Potti« sagt, würge ich ihn, dachte Doreen, die mittlerweile außer sich war, wutschnaubend ob der Unverschämtheit der CEOs, ihr dies hier zuzumuten.

»Einen Wasseranschluss braucht es nicht. Es hat einen Spültank, der sich ganz leicht auffüllen lässt. Hier!« Er drehte an einem Verschluss hinter dem Deckel.

Doreen wurde übel. Üppiges Honorar hin oder her, was zu viel war, war zu viel! Sie musste umgehend Rücksprache mit Herrn Marquardt halten. Ein Minimum an Komfort musste schon drin sein, wenn sie ihre Aufgabe erfolgreich erfüllen sollte.

»Hand aufs Herz, Herr Wolters: Diese großen, luxuriösen Wohnmobile, die haben wirklich auch keine andere Toilette?«

»Nein, die anderen kochen auch alle nur mit Wasser«, strahlte Tobi stolz.

»Bitte?«

»Ich wollte damit sagen, die anderen haben auch alle nur Porta Pottis!«

Da war es schon wieder – das P-Wort!

»Nur befinden sie sich dann meist in einer Toilettenzelle mit Tür …«

»Aha!« Doreen atmete tief durch und zählte innerlich bis zehn. Das Toilettenproblem ließ sich ja vielleicht auch irgendwie anders lösen. »Genug der Ausführungen zu diesem Super-WC, Herr Wolters. Was haben Sie mir noch zu dem Bus zu sagen? Gibt es eine Küche?«

»Save, Frau Grüning! Folgen Sie mir bitte außen herum zum Heck!« Er kletterte aus dem Bus und schritt in Richtung Heckklappe.

»Mich interessiert nicht, ob der Bus einen Safe hat, Herr Wolters!«, mahnte Doreen streng. »Denn ich habe bestimmt nicht vor, meine Familienjuwelen in diesen Luxusliner mitzunehmen. Ich möchte von Ihnen wissen, ob es eine Küche gibt!«

Völlig irritiert schaute er sie an, als wäre sie ein Wesen von einem anderen Stern. »Ähem, nein, Frau Grüning! ›Save‹, das sagt man so, wenn etwas klargeht.« Den verständnislosen Blick seiner Chefin auffangend, setzte er nach: »Also ›save‹ wie ›sicher‹ im Englischen!«

»Oooh«, entfuhr es Doreen. Plötzlich fühlte sie sich sehr alt. Offenbar benötigte ihr Wortschatz ein gründliches Update, wenn sie die Generation Z (so nannte man bei Wikipedia die zwischen 1997 und 2012 Geborenen) noch verstehen wollte.

»Nice!«, rief Doreen reflexhaft, obwohl sie diesen Ausdruck noch nie benutzt hatte. Aber irgendwo hatte sie kürzlich aufgeschnappt, dass »nice« das neue »cool« sei.

Tobi nickte. Bingo, offenbar hatte sie die richtige verbale Tastenkombination getroffen. Sie schaute sich ihren Angestellten zum ersten Mal richtig an. Ganz nervös war der junge Kerl, und der Schweiß stand ihm auf der Stirn.

»Wie kam Herr Marquardt überhaupt auf Sie?«, erkundigte sie sich.

»Ach, ich hatte dem Concierge ab und an mal von meinem Bulli vorgeschwärmt, und als Herr Marquardt ihn gestern Abend fragte, ob er wisse, wo man einen alten VW-Bus mieten könne, hat er meine Kontaktdaten an ihn weitergegeben.« Tobi strich sich eine blonde Strähne aus dem Gesicht und schaute sie schüchtern an.

»Ich hoffe, Sie werden gut entlohnt?« Diese Frage stand ihr eigentlich gar nicht zu, aber sie war von Natur aus neugierig. Sie wollte wissen, wie viel den CEOs der Einsatz wert war, um daran zu bemessen, wie wichtig ihnen ihr Auftrag war.

»Ich habe fünf Extra-Urlaubstage dafür bekommen.« Er lächelte verlegen und sah so aus, als wäre er stolz, einen so tollen Deal gemacht zu haben.

Das sah den Knauserern ähnlich, ärgerte sich Doreen. Der arme Kerl verlieh sein Ein und Alles und bekam noch nicht mal Geld dafür. Jetzt tat er Doreen tatsächlich ein bisschen leid.

»Na gut, Herr Wolters«, sagte sie nun deutlich milder. »Dann zeigen Sie mir doch jetzt mal die Küche.«

»Gerne.« Tobi ging um das Auto herum, öffnete die Heckklappe und zog eine große Schublade heraus, auf der sich mehrere Kisten befanden.

Er öffnete den Deckel einer Aluminiumkiste und zeigte

auf eine Art Minigasherd. »Das ist ein Primus Tupike. Den können Sie mit kleineren Gaskartuschen betreiben!«

Er sah schon wieder sehr stolz aus, und Doreen war mittlerweile sehr gerührt, dass er bereit war, ihr sein offenbar sklavisch geliebtes und ausgeklügelt durchdachtes Kleinod zu überlassen.

»Er hat zwei Kochfelder, sodass Sie wirklich richtig nice Menüs kochen können«, strahlte er. »Und wenn Sie die Grillplatte auflegen«, er zog ein Metallrost hervor und legte es auf das Kochfeld, »können Sie auch hervorragend grillen!«

»Toll«, sagte Doreen mit zusammengebissenen Zähnen. Sie würde ihre Mahlzeiten also im Freien zubereiten müssen.

Tobi hob die Deckel der anderen Kisten, in denen sich Töpfe, Besteck, Geschirr und Lebensmittel befanden. »Frischwasser zum Spülen und Händewaschen bekommen Sie über diesen Wassertank!« Er zeigte auf einen würfelförmigen Quader aus milchigem Plastik, der mit Wasser gefüllt war, und drehte den Hahn auf, der sich am Boden des Würfels befand. Ein dünner Wasserstrahl plätscherte auf den Asphalt.

»Gibt es auch einen Kühlschrank?«, erkundigte sich Doreen, die partout nicht wusste, wie sie mit diesem derart primitiven Survivalgefährt ihre Hygienestandards würde einhalten können.

»Nein, aber eine Kühlbox. Kommen Sie!«

Tobi ging zurück zur Schiebetür und wies auf einen blauen Plastikkasten, der zwischen Fahrer- und Beifahrersitz stand. »Die Kühlelemente müssen Sie natürlich regelmäßig erneuern.«

Wie denn, ohne Gefriertruhe oder zumindest Gefrierfach, fragte Doreen sich.

»Und wo schläft man in Ihrem vierrädrigen Juwel?«

Tobi grinste ob des Kompliments, das er offenbar anders verstanden hatte, als sie es gemeint hatte, klappte im Innenraum den Tisch ein und die hintere Sitzbank um, die auf diese Weise zu einem 140 x 200 Zentimeter großen Bett wurde.

Immerhin, dachte Doreen.

»Die Vorhänge für die Fenster habe ich Ihnen hier in die Tüte gepackt«, er hielt eine Aldi-Tüte hoch, »und …«, er ging wieder zur Heckschublade, »hier sind auch noch metallene Moskitogitter zum Einklemmen für die Schiebefenster. Falls es Ihnen nachts zu heiß wird …« Er grinste schelmisch.

Hatte er ihr etwa zugezwinkert? Unverschämtheit! Was dachte der Bengel sich? Doreen überging die Bemerkung absichtlich. Vielleicht hatte er ja auch nur etwas ins Auge bekommen. Oder nervöses Nervenzucken.

»Und wo lasse ich mein Gepäck? Wo ist der Kleiderschrank?«

»Für einen Kleiderschrank bietet der Innenraum leider nicht genug Platz, Frau Grüning. Deshalb habe ich auf dem Dach zwei Alukisten montiert!« Er kletterte aus dem Wageninneren und zeigte nach oben. »Für Kleidung, Gepäck und was man so braucht.«

Doreen nickte missmutig.

»Und rechts daneben ist noch genug Platz für ein Surfbrett oder Stand-up-Paddle-Board.«

Er schaute sie zufrieden an. »In der vorderen Kiste befinden sich außerdem ein Vorzelt für die Schiebetür, ein Kunstfaser-Teppich, zwei Klappstühle und ein Campingtisch.«

»Aha. Und wofür brauche ich einen Teppich?«, fragte Doreen verständnislos.

»Den legen sich viele Camper gerne vor die Schiebetür, damit nicht so viel Sand und Dreck in den Wagen kommt«, erklärte er.

»Verstehe«, sagte Doreen und fragte sich, ob der junge Azubi den besser verdienenden Hotelgästen wohl mit ähnlicher Verve ihre Suiten erklärte.

»Und wo wir schon beim Thema Schmutz sind, hier das wichtigste Utensil aller Camper!« Er hielt einen Handfeger mit Schaufel hoch.

Doreen rang sich ein Lächeln ab.

»Oh, das Wichtigste hätte ich fast vergessen!«, rief Tobi plötzlich erschrocken. »In der vorderen Alukiste ist auch noch ein aufklappbares Solarmodul. Das stellen Sie bei Sonne einfach neben den Bus, und schon können Sie damit Ihr Handy oder Laptop laden!«

»Toll«, befand Doreen schmallippig.

»Und einen Fahrradgepäckträger hat Willy ja auch noch.« Er zeigte auf ein Gitter, das an die Heckklappe montiert war. »Da passen problemlos zwei Fahrräder drauf.«

»Das ist gut«, fand Doreen. Dann könnte sie wenigstens ihr Trekkingbike mitnehmen. »Noch mal zum Thema Schmutz: Ist denn der Wagen vor der Übergabe überhaupt gereinigt worden?« Die Vorstellung, in einem Auto zu schlafen, in dem überall Hautschuppen, Spuren und Gerüche ihres 21-jährigen Auszubildenden hingen, war ihr unerträglich.

»Gereinigt?« Tobi schaute sie verständnislos an und ließ die Schaufel sinken. »Wie meinen Sie das?«

»Na, desinfiziert!«

»Äh ... Nein?« Jetzt sah er etwas angefressen aus. Um die unangenehme Gesprächspause zu überbrücken, schob er die Schublade zurück in den Bus. Aber irgendetwas schien zu klemmen. »Mist!«, murmelte er und bückte sich. »Moment!« Er zog seinen Blazer aus, um mehr Bewegungsfreiheit für die Arme zu haben, warf ihn auf die Heckklappe, krempelte den Ärmel seines weißen Hemdes hoch, versenkte seinen Arm im Kofferraum und ruckelte an der Schubladenschiene.

Durch das Geruckel fiel der Blazer herunter, eine Brieftasche purzelte heraus und blieb aufgeklappt liegen. Doreen hob die Börse auf. Unter einer Schutzhülle war ein Foto zu sehen, das Tobi in enger Umarmung mit einem jungen Mann zeigte.

»Hier, die ist eben aus Ihrem Blazer gefallen.« Doreen reichte Tobias, der gerade wieder aus dem Kofferraum aufgetaucht war, seine Brieftasche.

»Ihr Bruder?«, fragte Doreen und deutete auf das Foto.

»Nein ...«, stotterte Tobias und lief knallrot an. Er starrte auf den Boden, machte dann aber plötzlich den Rücken gerade, zog die Schultern zurück, schaute Doreen direkt in die

Augen und sagte mutig: »Das ist mein Lebensgefährte Marcel. Wir werden nächstes Jahr heiraten!«

Respekt, dachte Doreen. Für sich einzustehen hatte er offenbar geübt. »Schön!«, kommentierte Doreen pseudotolerant mit zusammengebissenen Zähnen.

Das wurde ja immer schlimmer! Was mutete man ihr hier eigentlich zu? Nicht, dass sie homophob wäre oder so, aber was die Jungs in dem Auto eventuell für Sachen gemacht hatten, wollte sie gar nicht wissen.

Ihr wurde übel. Sex war sowieso etwas, das ihr nicht besonders lag. Man schwitzte da viel zu sehr, man nahm anderer Menschen Körperflüssigkeiten auf und kam sich für ihren Geschmack in jeder Hinsicht eindeutig zu nahe. Sie hatte mit dem Thema deswegen schon seit Jahren abgeschlossen und ihren Unterleib vorzeitig außer Betrieb gestellt.

»Ich habe die Verklemmung gelöst«, sagte Tobi und wurde sich in dem Moment, als er den Satz ausgesprochen hatte, der Doppeldeutigkeit bewusst. Als Übersprunghandlung stopfte er hektisch sein Hemd wieder in die Hose, zog seinen Blazer an und strich sein Haar zurück.

»Hier, Frau Grüning!« Er überreichte Doreen den Autoschlüssel und zog den Fahrzeugschein aus seiner Brieftasche. »Möchten Sie jetzt eine kurze Probefahrt machen, damit ich Ihnen alles erklären kann?«

»Lässt sich ja wohl kaum vermeiden«, murmelte Doreen unbegeistert und nahm Schlüssel und Papiere an sich.

Sie öffnete die Fahrertür und kletterte in ihrem engen Kostümrock auf den Fahrersitz. Gerne hätte sie einen dieser

Plastiküberzüge über das Polster gezogen, so wie die Mechaniker es in den besseren Autowerkstätten machten, um zu vermeiden, dass ihre ölverschmierten Overalls Flecken auf den Sitzen hinterließen. Doreens Befürchtungen waren allerdings genau umgekehrt: Sie würde gerne vermeiden, dass irgendwelche Exkremente auf den Polstern an ihrem Kostüm haften blieben.

»Sie müssen den Schlüssel halb herumdrehen und warten, bis das gelbe Vorglühzeichen auf dem Tacho verschwunden ist«, erklärte Tobias. »Dann ganz rumdrehen und starten!« Er schnallte sich an.

Doreen griff nach dem langen Schaltknüppel, trat die Kupplung und hebelte den Gang raus. Dann entriegelte sie die Handbremse und drehte den Schlüssel wie empfohlen. Der Motor sprang sofort an und ließ ein rödelndes Diesel-Nageln hören, das den ganzen Bus vibrieren ließ.

Sie legte den ersten Gang ein und fuhr an. Sie kam sich vor wie in einem Lkw. Sie saß ganz oben, sehr dicht hinter der Frontscheibe, griff um ein fast waagerechtes Lenkrad und hatte so einen ungewohnt hohen Überblick über das Verkehrsgeschehen.

Da sie ewig kein Auto mit Gangschaltung mehr gefahren war, waren die ersten Meter etwas holperig. Die Gänge krachten und knarzten so laut rein, dass Tobias gequält das Gesicht verzog. »Entschuldigen Sie, Herr Wolters, aber meine letzten Firmenwagen waren alle Automatik«, murmelte sie konzentriert.

Sie knatterten in langsamem Tempo und für Tobias' Geschmack offensichtlich entschieden zu untertourig die Versmannstraße hinunter.

Ein leichtes Grinsen legte sich auf Doreens Lippen, das Tobias nicht entging. Ja, sie musste es zugeben: Es machte Spaß!

»Um die T 4 s herrscht ein regelrechter Kult«, schwärmte Tobias.

»T was?«, fragte Doreen, die starr geradeaus schaute und sich nicht ablenken lassen wollte.

»T 4! Das sind die beliebtesten aller Bullis. Wenn Sie mit so einem irgendwo auftauchen, werden Sie von allen geliebt!« Er schaute sie mit seinen blauen Strahleaugen euphorisch an.

»Ach ja?« Die Skepsis in Doreens Stimme war nicht zu überhören. Noch nie in ihrem Leben war sie irgendwo von allen geliebt worden.

»Save!«, nickte er. »Jeder liebt Bullis!«

»Na, da bin ich ja mal gespannt ...«, sagte sie nebulös.

Sie fuhren einen Bogen zurück zum Le Parisienne und stiegen wieder aus.

»Eins noch«, sagte Tobias, nachdem er ihr zum Abschied die Hand gereicht und ihr alles Gute gewünscht hatte. »Die Bulli-Fahrer grüßen sich!«

Doreen bedankte sich für den Tipp und nahm sich vor, ganz bestimmt keinem anderen Bus zuzuwinken. Kaum dass Tobi ihr den Rücken gekehrt hatte, zückte sie ihr Handy und wählte die Nummer von Frau Kleiber. Sie musste diesen furchtbaren Irrtum dringend rückgängig machen! Sie hatte sicherlich nicht zwanzig Jahre lang nur für die Arbeit gelebt, um nun in einem abgerockten VW-Bus zu landen. Selbst wenn das Fahren mehr Spaß machte, als sie vermutet hatte.

»Herr Marquardt ist vor etwa einer Stunde zu unserer Dependance in Miami abgereist, worum geht es denn?«, sagte Frau Kleiber.

»Ist er noch zu erreichen?«, fragte Doreen, statt ihre Frage zu beantworten.

»Ich fürchte nein, Frau Grüning. Er befindet sich bereits in der Luft«, sagte Frau Kleiber mit herablassender Stimmlage. »Soll ich ihm etwas ausrichten?«

»Danke, nein«, verabschiedete sich Doreen.

Tja, im Leben von Topmanagern wie Marquardt war eben jede Sekunde Geld. Deshalb stand für den Le-Parisienne-CEO stets ein Privatjet bereit, der innerhalb weniger Minuten in der Luft sein konnte.

Seufzend schob Doreen das Handy zurück in ihre Tasche und zwang sich, tief und ruhig durchzuatmen, bis der erste Zorn abgeebbt war. Sicher war es klüger, nicht im Affekt vorschnell Porzellan zu zerschlagen, sondern die Sachlage in Ruhe noch mal zu überdenken.

Sie instruierte den Concierge, den Bus in die Hotel-Tiefgarage schaffen zu lassen, schloss ihr Fahrrad los und radelte Richtung Alster. Die monotone Bewegung und die frische Luft taten ihr gut und ließen ihren empörten Adrenalinspiegel langsam wieder sinken.

Marquardt hatte ihr eine eigene personelle Entourage zugesichert – aber wen sollte sie mitnehmen? Den jungen Tobi etwa? Die Vorstellung, die nächsten Wochen Seite an

Seite mit ihrem blonden Azubi zu verbringen, dessen Wortschatz sie kaum verstand, strengte sie jetzt schon an. Sie war schließlich keine Kindergärtnerin.

Aber wen sonst? Ihr Stellvertreter Herr Detmold hatte zwei kleine Kinder und war sicherlich nicht wochenlang abkömmlich.

Einer oder eine von den Front Desklern, den Rezeptionisten also, die die Gäste in Empfang nahmen? Nein, die waren alle noch zu grün. Was sollte sie mit denen anfangen? Wie sollten die ihr helfen?

Die Housekeeping-Managerin Frau Üzlügül? Nein, die Herrscherin über Zimmermädchen und Reinigungspersonal hatte eine noch kühlere Ausstrahlung als sie selbst und war ihr deshalb absolut unsympathisch. Zwei Eisklötze waren auch sicherlich nicht das richtige Team, um 27 Dauerplatzpächter auf ihre Seite zu ziehen.

Auch Herr Breedes, der Concierge, kam nicht infrage, genauswenig wie Frau Siebert, die Front-Desk-Managerin. Herr Breedes hatte sich kürzlich das Sprunggelenk gebrochen, arbeitete zwar schon wieder, humpelte aber noch – und Frau Siebert machte gerade eine Umschulung Richtung Revenue-Management.

Blieb nur noch Frau Zemke, ihre 63-jährige persönliche Sekretärin. Soweit Doreen wusste, lebte sie allein. Vielleicht wäre das eine gute Idee! Da die Dauerstellplatzpächter fast alle über sechzig waren, könnte sie mit einer älteren Begleitung sicherlich mehr anfangen. Außerdem könnte Frau Zemke ihr Spesenkonto verwalten und alle Korrespondenzen direkt vor Ort erledigen. Und: Sie sah harmlos und unverdächtig aus – und sie war schon ihrer Position wegen absolut verschwiegen. Ja, sie würde sie nachher fragen.

An der Außenalster hielt sie auf Höhe des Cliffs an, stieg ab, setzte sich auf eine Bank und beobachtete die Schwäne. Dann kramte sie ihr Handy aus der Tasche und wählte die Nummer von Steffen, einem befreundeten Recruiter, der sie damals von der Kempinski-Gruppe losgeeist und zum Hotel du Rhôme in Berlin gebracht hatte. Immer öfter hatte sie ihn seitdem in Personalfragen engagiert und verdankte ihm mittlerweile große Teile ihres gehobenen Personals.

»Ah, die Eiskönigin«, begrüßte er sie gut gelaunt. »Was gibt es? Braucht ihr schon wieder einen neuen Koch?« Er lachte.

Eiskönigin – so hatte er sie wegen ihrer unterkühlten Ausstrahlung getauft und war damit der einzige Mensch auf diesem Planeten, von dem sie sich solche Frotzelei gefallen ließ. Sie mochte ihn, weil seine Lebensfreude durch nichts auf der Welt getrübt werden konnte.

Sie hatten sich angefreundet, als sie in Zürich zufällig den gleichen Flug gebucht hatten, der unerwartet Verspätung hatte. Geschlagene drei Stunden Wartezeit hatten sie im Terminal verbringen müssen und waren an der Coffeebar dann sehr viel persönlicher ins Gespräch gekommen, als Doreen es eigentlich mit Businesskontakten zuließ. Vielleicht lag es daran, dass Steffen keine Gefahr war. Genau wie Tobi hatte er einen Lebensgefährten und war deshalb quasi eine Art Neutrum für Doreen. Sie war dankbar für den Kontakt, denn sie hatte wirklich nicht viele Freunde.

»Hey, Snowman«, witzelte Doreen. Die winterlichen

Spitznamen waren ihr Running Gag. Sie erläuterte ihm die Sachlage, verriet ihr Honorar und erzählte von ihrer absurden Unterbringung in dem rostigen Bus. »Was hältst du davon, Steffen?«, fragte sie abschließend.

Steffen überlegte. »Zunächst mal ist es verständlich, dass sie dich ausgesucht haben«, begann er. »Du bist alleinstehend, fit und kannst glaubwürdig die coole Camperin geben.«

»Findest du?«

»Mit etwas Fantasie schon«, lachte er.

»Denkst du nicht, sie wollen mich loswerden?«

»Unwahrscheinlich«, fand er. »Du bist über die Mutterschutz-Gefahr hinaus, eine Last-minute-Schwangerschaft ist unwahrscheinlich – und du hast extrem viel Erfahrung. Warum also sollten sie dich auf diese, zudem noch sehr seltsame Weise zur Kündigung bewegen wollen?«

»Um sich die Abfindung zu sparen?«

»Nicht gänzlich ausgeschlossen«, gab Steffen zu. »Aber bei deinem Renommee eher abwegig! Ich würde es als Kompliment sehen. Ich denke, sie halten dich tatsächlich für kompetent, diese Goliath-Aufgabe zu stemmen.« Er schwieg kurz. »Diese Glamour-Camping-Idee finde ich übrigens super!«, setzte er nach.

Nach einer längeren Diskussion kamen sie zu dem Schluss, dass Doreen sich der Aufgabe stellen sollte, ja sogar musste. »Wenn es eine Falle oder Prüfung ist, musst du eben beweisen, dass du den Sieg aller Unwahrscheinlichkeit zum Trotz dennoch nach Hause fährst. Immer nach meinem Motto: Unmöglich heißt, es könnte gehen!« Er lachte schon wieder, als wäre das Ganze ein gigantischer Spaß. »Verweigern kommt also nicht infrage, aber vielleicht solltest du zumindest ein adäquateres Office verlangen«, schloss er.

»Sofort?«

»Nein, zunächst musst du diese Bulli-Farce annehmen. Aber sobald du damit auf Sylt bist, kannst du begründet argumentieren, warum du unterkunftsmäßig zwingend ein Upgrade benötigst – und zwar ASAP!«

Doreen missbilligte wie immer Steffens inflationären Gebrauch internationaler Businessfloskeln, verkniff sich aber jegliche Kritik. Schließlich beriet er sie hier gerade umsonst. »Hast du nicht einfach ein anderes Angebot für mich?«, maulte sie. »Kannst du mich nicht nach Dubai abwerben? Oder New York?«

»Wenn das so einfach wäre, meine Liebe …« Er seufzte. »Aktuell sieht es verdammt schlecht aus. Durch die Pandemie ringen etliche Ketten um ihre Existenz. Teure Personalwechsel sind da erst mal nicht drin. Da steht sogar mein eigener Job auf der Kippe. Tut mir leid!«

Sie verabschiedeten sich, und Doreen bedauerte einmal mehr, dass die besten Männer wahlweise schwul oder vergeben waren. Am Cliff-Stand holte sie sich spontan einen Coffee to go, den sie auf ihrer Bank zum Coffee to stay machte, indem sie ihn langsam und konzentriert vor sich hin grübelnd austrank. Vermutlich hatte Steffen recht: Besondere Aufgaben erforderten nun mal besondere Maßnahmen – und sie war niemand, der sich neuen Herausforderungen nicht stellte. Sie würde es einfach sportlich nehmen. Für diesen Schwimmer, der es nur in Badehose von Sankt Peter-

Ording nach Helgoland geschafft hatte, war es sicher auch kein Zuckerschlecken gewesen. Manche Ziele ließen sich eben nur durch besonders hohen Einsatz erreichen. Genauso gut hätte man von ihr verlangen können, den Mount Everest barfuß zu besteigen, an einem Burger-Wettessen teilzunehmen oder die Niagarafälle hochzuschwimmen.

Sie hatte nicht umsonst eine Kindheit in der Hölle überlebt! Sie würde aus dieser Prüfung hervorgehen wie Phönix aus der Asche! Sie würde Kondition und Durchhaltestärke beweisen und diese Aufgabe besser meistern, als ihre Chefs jemals vermutet hätten. Und wer weiß, vielleicht ging es nach dieser Prüfung ja direkt nach Dubai. Vielleicht wollten die CEOs einfach nur testen, ob sie für eine Spitzenposition auch wirklich genug Eier in der Hose hatte.

Zunächst mal würde sie dieser vierrädrigen Bakterienschleuder eine gründliche Innenreinigung verpassen. Natürlich könnte sie diese Aufgabe dank ihrer Position auch delegieren, sie befürchtete aber, dass kein Mitarbeiter es so akribisch machen würde wie sie selbst.

Eine Mutter schob ein weinendes Kind an der Bank vorbei, und Doreen stiegen die Tränen in die Augen …

5

Wieder zu Hause, zog Doreen sich um und ließ sich vom Taxi zum Le Parisienne chauffieren. Von unterwegs rief sie Frau Zemke an.

»Frau Zemke, gut, dass ich Sie noch erreiche!«, begrüßte sie ihre engste Mitarbeiterin, die schon seit über 35 Jahren für die Parisienne-Gruppe tätig war.

»Ja, Sie haben Glück. Ich war eigentlich schon aus der Tür«, entgegnete sie.

»Dann setzen Sie sich doch bitte noch mal«, forderte Doreen sie auf.

»In Ordnung.« Die Angst in Frau Zemkes Stimme war nicht zu überhören.

»Was halten Sie davon, die nächsten Wochen auf einem Campingplatz auf Sylt zu verbringen?«, fiel Doreen ohne Umwege mit der Tür ins Haus.

»Auf Sylt? Auf einem Campingplatz?« Frau Zemke schien Mühe zu haben, die Bedeutung der Frage zu begreifen, und versuchte es offenbar mit Fakten-Wiederholung.

Es entstand eine Gesprächspause.

»Wollen Sie mich freistellen, Frau Grüning?« Frau Zemkes Stimme zitterte. »Sind Sie unzufrieden mit meiner Arbeit?«

»Nein, ganz und gar nicht, liebe Frau Zemke. Ich habe den Auftrag, dort ein neues Hotel- und Campingprojekt zu beaufsichtigen, und würde das ungern ohne meine rechte Hand tun.«

Frau Zemke schwieg immer noch.

»... die ja Sie sind, liebe Frau Zemke!«

Stille am anderen Ende der Leitung.

»Haben Sie Campingerfahrung? Sind Sie in Hamburg sehr eingebunden?«, setzte Doreen nach.

»Nein, gar nicht, ich lebe allein ...« Frau Zemke schien endlich ihre Fassung und auch ihre Stimme wiedergefunden zu haben. »Und ja, ich habe mit meinem Mann früher oft gecampt.«

Schon wieder entstand eine Pause.

»Prima!«, fand Doreen. »Dann sind Sie ja die perfekte Begleitung!«

»Das wäre schon möglich ...«, sagte Frau Zemke zögerlich. »Wann würde es denn losgehen?«

»Morgen!«, sagte Doreen resolut.

»Ohhh ... Das ist jetzt aber doch ein bisschen kurzfristig, liebe Frau Grüning«, sagte ihre Sekretärin nun hörbar pikiert. »Ich bräuchte mindestens einen Tag, um meine Angelegenheiten zu regeln, die Wohnung abreisefertig zu machen, und müsste auch noch ein paar Arzttermine verschieben.«

»Ja, dann eben am Freitag«, gestand Doreen ihrer Angestellten gnädig noch einen Zusatztag zu. »Ein Zelt und Campingausrüstung wird Ihnen natürlich vom Management gestellt.«

»Ach, nicht nötig«, rief Frau Zemke, nun schon wieder deutlich lebhafter. »Ich habe noch sehr viel im Keller. Mein Mann und ich waren, wie gesagt, früher sehr oft zelten. Ich muss mal nachschauen, was ich noch alles habe!«

»Gut. Ich würde Sie dann am Freitagvormittag in Westerland am Bahnhof abholen. Alles Weitere klären wir vor Ort.«

»In Ordnung. Ich gebe Ihnen die Ankunftszeit durch, sobald ich eine Verbindung gebucht habe.«

»Perfekt!«, sagte Doreen. »Dann wünsche ich Ihnen noch einen schönen Abend!«

»Ja, Ihnen auch!«, sagte Frau Zemke.

»Ach, Frau Zemke!«, rief Doreen plötzlich. »Eins noch: Bitte packen Sie möglichst überwiegend praktische Kleidung ein. Wir haben keine repräsentativen Aufgaben und wollen auf dem Campingplatz nicht auffallen!«

»Ist gut«, sagte Frau Zemke und klang etwas verdattert.

Die Arme, dachte Doreen, nachdem sie das Gespräch beendet hatte. Sie wusste ja noch überhaupt nicht Bescheid über die Hintergründe und musste sich nun auf einen seltsamen Campingaufenthalt vorbereiten. Und das in ihrem Alter ...

Das Taxi stoppte vor dem Hotel. Doreen ließ es direkt in die Tiefgarage fahren. Sie wollte unbedingt vermeiden, dass irgendjemand vom Personal sie in Alltagskleidung sah.

Nachdem sie den Bus erfolgreich gestartet und unerkannt

aus der Tiefgarage gefädelt hatte, verbrachte Doreen geschlagene zwei Stunden auf dem Kärcher-Car-Wash-Gelände. Danach sah der Bulli von innen aus wie neu. Für ihre Reinigungsaktion hatte sie vorher den halben Drogeriemarkt leer gekauft. Sie hatte die Polster und Stoffverkleidungen mit einem speziellen Shampoo und der Schaumbürste des Reinigungsbetriebs nass gereinigt, anschließend wieder trocken geföhnt und sogar den Dachhimmel mit einer Großpackung dieser wunderbaren weißen Radierschwämme (auch als Zauberschwämme oder Schmutzradierer bekannt) geschrubbt. Nun klebte und roch nichts mehr, sondern alles blitzte und duftete. Sie war eben kein Ein-bisschen-Typ. Was sie machte, machte sie ganz – oder gar nicht!

Auf eine Außenreinigung musste sie wegen der Dachaufbauten und des Fahrradträgers dagegen leider verzichten, spritzte den Bus aber wenigstens gründlich mit dem Hochdruckreiniger ab.

Es war bereits nach neunzehn Uhr, als sie ihr neues Heim in die Tiefgarage ihres Wohnhauses bugsierte. Nun galt es, den Bus möglichst sinnvoll zu bepacken.

Zunächst erstellte sie dafür eine akribische Liste, für die sie unter dem Stichwort »Camping« das Netz durchforschte. Anschließend räumte und verstaute sie ihr Gepäck bis tief in die Nacht im Bus. Ihre abgewogenen Nahrungsmittelrationen lagerte sie in der Kühlbox und in einer verschließbaren Plastikkiste, die sie auf dem Boden des Beifahrersitzes deponierte.

Die Nacht war kurz und schlaflos. Angesichts des Abenteuers, das ihr nun bevorstand, bekam Doreen erneut kein

Auge zu. Sollte sie nicht irgendjemanden über ihre mehrwöchige Abwesenheit informieren? Und musste nicht ab und an mal jemand nach ihrer Wohnung schauen? Sie beschloss, gleich morgen früh ihre Schwester zu informieren, die mit Mann und Kind in einem Reihenhaus in einem kleinen Dorf am Hamburger Speckgürtel wohnte. Sie sahen sich höchstens ein- bis zweimal pro Jahr, weil ihrer beider Leben so gut wie gar keine Schnittmenge hatten. Und natürlich auch, weil Doreen Matthias, Elkes Mann, nicht mochte, seit er sie auf einer Silvesterparty im Vollrausch mal als frustrierte, verhärmte Zicke bezeichnet hatte. Warum und wie es zu dieser Beleidigung gekommen war, hatte sie verdrängt. Matze und Elke wurden jedes Jahr dicker, kurzsichtiger und Matze zudem noch haarloser. Doreen, die akribisch auf ihr Gewicht und ihr Aussehen achtete, konnte diese haltlose Transformation kaum ertragen. Am Ende würden beide aussehen wie Walrösser, befürchtete sie.

Ihre eigene Optik in Jeans und Hoodie hatte sie vorm Zubettgehen noch kritisch im Spiegel überprüft. Weder Kostüm, Rock und Bluse noch Businessanzug zu tragen war extrem ungewohnt für sie. In dem einfachen Hoodie, den sie manchmal nach ihren Sporteinheiten trug, um nicht auszukühlen, kam sie sich geradezu liederlich gekleidet vor. Karl Lagerfeld hatte vollkommen recht: Wer eine Jogginghose trug, hatte die Kontrolle über sein Leben verloren. Galt das auch für Hoodies? Zum Glück trug sie ja wenigstens Jeans.

Sie drehte sich um und schaute zufrieden auf ihren Hintern, der in der engen Stretchjeans (übrigens die einzige, die sie besaß) zugegebenermaßen knackiger aussah als in einem Rock. Besonders stolz war sie auf ihren flachen Bauch, den sie sich mühsam durch eiserne Sit-up-Einheiten erarbeitet hatte. Schade nur, dass ihn nie jemand sah. Sie ging ja nie aus und trug auch keine körperbetonte oder bauchfreie Kleidung.

Dennoch hatten sich ihre Askese und ihre Disziplin in der Vergangenheit mehr als ausgezahlt: Ihr gutes Aussehen und ihre sportliche Figur hatten ihr im Job so manche Tür geöffnet. Wobei sie ihr Erscheinungsbild absichtlich Richtung Mainstream zurechtgestutzt hatte, indem sie ihre individuellen Merkmale gründlich eliminierte. So hatte sie zum Beispiel eigentlich wilde Locken, die sie aber morgens in einer mühsamen und zeitintensiven Prozedur mit viel Haarspray sorgsam glatt föhnte und zu einer strengen Hochfrisur domptierte. Sie hatte einen Schönheitsfleck über der Oberlippe, der täglich mit Make-up kaschiert wurde und Cara-Delevingne-artige Augenbrauen, die sie durch tägliches Zupfen zu dünnen Strichen kastrierte. Sogar ihre hypnotisierend grünen Augen kamen hinter ihrer leicht blau getönten Brille kaum zur Geltung. Sie wollte es so, denn sie wollte zwar als attraktiv angesehen werden – aber keinesfalls auffallen. Alles an ihr sollte normal sein – bzw. die entscheidende Nuance besser als normal. Mehr aber auch nicht!

Und diese Art Verkleidung, die immer ein Schutzwall für sie gewesen war, musste sie nun aufgeben, um mit Pferdeschwanz, Sneakern und Rucksack glaubwürdig die surfende Camperin zu geben. Sie sollte sich wieder total downgraden, nachlässig kleiden und in einem schepperigen Bus unterwegs sein ... Ihr war so unwohl dabei, als würde man einem Kind die Stützräder seines ersten Fahrrads abschrauben. Wer war sie ohne ihre Schutzhülle? Ohne ihre hart erarbeitete berufliche Position? Was würde noch von ihr bleiben? Würde sie auch als sie selbst noch irgendeinen Wert haben?

Irgendwie kroch da gerade ihr Kindheitstrauma wieder in ihr hoch. Sie wusste, dass es da war, dieses komische schwarze Loch, dieser Abgrund in sich selbst, der vermutlich die Ursache dafür war, dass sie trotz all ihrer Erfolge nicht richtig glücklich war.

Es wurde schon hell, als sie trotz dieser Grübeleien endlich einschlief ...

6

Es würde ein heißer Tag werden. Schon morgens um sieben zeigte das Thermometer 22 Grad – eher ungewöhnlich für Norddeutschland. Doreen bog in Stellingen auf die Autobahn Richtung Flensburg ab und ärgerte sich, dass der Fahrtwind ihre Frisur zerzauste. Der Bus hatte keine Klimaanlage, deshalb blieb ihr nichts anderes übrig, als mit offenem Fenster zu fahren.

Genau in dem Moment, als sie sich auf der Zubringerspur auf die A7 einfädeln wollte, klingelte ihr Handy. Ohne den Blick von Fahrbahn und Seitenspiegel zu wenden, tastete sie mit der rechten Hand auf dem Beifahrersitz, doch dort lag es nicht mehr. Mist, wo war das verdammte Ding denn jetzt bloß? Seitlich im Fahrersitz hängend, eine Hand am Lenkrad, suchte sie den Fußraum ab. Noch nicht mal eine Handyhalterung hat diese Schrottkiste, fluchte sie innerlich, geschweige denn eine induktive Ladeschale wie ihr Dienstwagen, ein sechs Monate alter Mercedes GLC SUV, ausgestattet mit allem an Sonderzubehör, was der Konfigurationskatalog zu bieten hatte.

Nach einigen akrobatischen Verrenkungen konnte sie

ihr Handy endlich mit den Fingerspitzen greifen und sich wieder im Sitz aufrichten, als sie plötzlich von einem hellen rötlichen Blitz geblendet wurde.

Mist! Ein mobiler Blitzer!

Warum hatte sie nicht auf Marc Breedes, den 32-jährigen Concierge, gehört, der ihr kürzlich vom Onooo-Blitzerwarner vorgeschwärmt hatte. Die neue App konnte angeblich sämtliche Blitzer, ob mobil oder fest, erkennen, da eine Millionen-Community ständig Blitzer melden und so das System laufend aktualisieren würde. »Ooono« hieße dieses Teil laut Herrn Breedes, weil viele Blitzeropfer im Moment des Blitzens »Ooo, no!« brüllten. »Ohshit wäre ja auch ein unpassender Markenname«, hatte Doreen gekontert und über ihren Witz gestaunt, da sie oft vergaß, dass sie – ganz tief in ihr vergraben – über so etwas wie Humor verfügte.

Mindestens genauso irritiert war Herr Breedes, der anscheinend auch nicht mit einem solchen Humorausbruch gerechnet hatte.

Egal jetzt, beruhigte sich Doreen, bezahlt ja eh die Firma. Sie atmete tief durch und ergab sich wieder dem monotonen, aber leider ohrenbetäubend lauten Genagel des alten Dieselmotors, der immerhin schon stattliche 270.000 Kilometer auf dem Buckel hatte.

»Das ist für diesen Motor gar nichts«, hatte Tobi geschwärmt. »Damit ist er gerade erst eingefahren!«

»Aha«, hatte Doreen zweifelnd entgegnet und wehmütig an die 3 000 gefahrenen Kilometer ihres Mercedes SUVs gedacht. Schallgedämpft und luftgefedert ...

Tempo 110 war das Äußerste, was der alte Bus hergab,

deshalb kroch Doreen ungewohnt langsam auf der Autobahn Richtung Norden. Die reduzierte Geschwindigkeit, die deutlich weniger Fahrkonzentration beanspruchte als Tempo 220 in ihrem SUV, verschafften ihr jede Menge Zeit zum Nachdenken. Was Frau Zemke wohl jetzt machte? Und ob Carsten Detmold, ihr 29-jähriger Stellvertreter, mit dem Jobprofil klarkäme? Hoffentlich herrschte nicht das totale Chaos, wenn sie zurückkam. Sie nahm sich vor, sich täglich zu erkundigen und ihn zu instruieren. Der junge, ehrgeizige Karrierist sollte sich ruhig die Zähne an ihrer Position ausbeißen, statt sich zu profilieren. Angesichts seines abgeschlossenen Hochschulstudiums beschlich Doreen immer wieder ihr Bildungskomplex. Sie hatte ja »nur« einen Realschulabschluss. Den nötigen Schliff für die große Karriere hatte ihr das echte Leben verpasst. Das Generalmanagement eines Superior-Hauses war im Hotel-Biz der Job mit der größten Verantwortung, der alle Aspekte der Hotelführung umfasste, und ganz bestimmt kein Zuckerschlecken. Er setzte jahrzehntelange Berufserfahrung voraus – und nicht nur ein kurzes Studium an einer Eliteuni. Das würde auch dieses Weichei schmerzhaft merken …

Um sich nicht weiter in diese Gedanken hineinzusteigern und weil sich ihre Blase meldete, hielt Doreen kurz vor der Verladestation des Sylt-Shuttles an einem Bäckerei-Café. Nach dem Toilettengang holte sie sich einen Coffee to go, platzierte den Pappbecher mit der heißen Flüssigkeit im Getränkehalter und ließ den Motor an. Leider hatte sie vergessen, den Gang rauszunehmen, deshalb machte der Bus einen Hüpfer, und der Motor ging abgewürgt wieder aus.

Durch den Sprung ergoss sich die Hälfte des Kaffees auf dem Armaturenbrett – und zu Doreens großem Entsetzen auch auf ihrer Jeans. Das war erstens ziemlich schmerzhaft und zweitens äußerst ärgerlich. Sie hasste Flecken auf ihrer Kleidung. Fluchend versuchte sie, das Malheur mit Taschentüchern zu beseitigen. Nicht besonders zufrieden mit dem Ergebnis, drehte sie erneut den Zündschlüssel, aber der Motor sagte keinen Ton. Sie probierte es noch zehnmal – nichts zu machen. Der Bus schien seinen Dienst quittiert zu haben.

Fassungslos suchte Doreen nach ihrem Handy. Statt eine ihrer Louis-Vuitton-Handtaschen stand auf dem Beifahrersitz nun ein Northface-Rucksack, der neben ihren persönlichen Utensilien auch die Visitenkarte von diesem Tobi beherbergte. Doreen nestelte die Karte aus dem Innenfach und wollte gerade empört die angegebene Nummer eingeben, als es an der Scheibe der Fahrertür klopfte. Doreen drehte sich erschrocken um. Vor ihr stand ein hippieartiger Typ mit blonden Rastalocken und grinste sie an. Hoffentlich wollte der kein Geld. Sie ließ genervt das Fenster runter.

»Na, will er nich mehr?«, fragte der Hippie und ließ lächelnd erstaunlich weiße Zähne blitzen.

»Sieht so aus …«, sagte Doreen. Was wurde das hier?

»Soll ich mal nachschauen?«, bot der Rastamann an. »Ich kenne mich mit Bullis ganz gut aus. Hab selber einen!« Er zeigte auf einen olivgrünen Bus, der ein paar Meter weiter geparkt hatte.

»Gerne.«

»Dann mach doch mal die Motorhaube auf!«

»Äh …«

Er lachte. »Komm, steig mal aus! Ich mach das schon!«

Doreen kletterte aus dem Bus, ihr Retter beugte sich in den Fahrerfußraum und zog an einem Hebel. Er ging zur Front des Busses und öffnete die Klappe.

»Kennst dich wohl nicht so aus. Ist das gar nicht deiner?«, fragte er, während er den Motor inspizierte.

»Nein, ist nur geliehen«, stotterte Doreen ertappt.

Der Hippie rüttelte hier und da und sagte dann: »Moment!«

Er lief zu seinem Bus und kam mit einer Taschenlampe und einem Schraubenschlüssel zurück.

»Das haben wir gleich«, behauptete er, tauchte im Motorraum ab, zog irgendwas fest und befahl: »Probier jetzt noch mal!«

Doreen kletterte auf den Fahrersitz und drehte den Zündschlüssel. Der Motor sprang sofort an.

»Bingo!« Der Hippie lachte zufrieden und ließ mit einem lauten Rums die Motorhaube wieder runter.

»Was war es denn?«, fragte Doreen, nachdem sie wieder ausgestiegen war.

»Das Anlasserkabel war nicht richtig festgezogen. Hat sich wohl beim Fahren gelöst«, erklärte ihr Retter.

»Vielen Dank«, sagte Doreen. »Was bin ich Ihnen schuldig?«

Er lachte. »Dafür nich, Sweetie! Bulli-Fahrer helfen sich gegenseitig. Wusstest du nich?« Er zwinkerte ihr zu.

»Nee«, sagte Doreen.

»Na, dann gute Fahrt und ciao!« Er drehte sich um und schlenderte zurück zu seinem Bus. *Noerske* stand in weißen Lettern darauf. War das nicht das Restaurant vom Campingplatz?

Während Doreen noch verarbeitete, dass sie zum ersten Mal seit Jahren einfach geduzt worden war, steuerte sie den Bulli zur Verladestation, wo sie die nächste – unangenehme – Überraschung erwartete: Nachdem sie sich erfolgreich auf Wartespur drei eingefädelt hatte, erschien auf der Anzeigetafel plötzlich eine Mitteilung, dass es einen technischen Defekt an einer Weiche gebe und der Schienenverkehr deshalb zunächst für unbestimmte Zeit eingestellt sei. Man werde die Wartenden umgehend über Änderungen informieren.

Doreen starrte ungläubig auf die Tafel. Das durfte ja wohl alles nicht wahr sein! Sie hasste unvorhergesehene Änderungen und Chaos in ihrem ansonsten so perfekt durchstrukturierten Arbeitsalltag. Was sollte sie jetzt machen? Einfach umdrehen und zur Fähre fahren, der zweiten Möglichkeit, mit dem Auto nach Sylt überzusetzen? Ein Blick in den Rückspiegel machte diesen Plan sofort zunichte. Hinter ihr hatte sich bereits eine lange Schlange gebildet. Sie konnte weder wenden noch ausscheren. Sie war eingeklemmt – gefangen auf dem Areal der Verladestation!

Leichte Panik stieg in ihr auf, und sie stieg aus, um sich einen Überblick zu verschaffen und sich mit frischer Luft und Bewegung zu beruhigen. Etliche andere Reisende waren ebenfalls ausgestiegen und ließen sich, an die Motorhaube gelehnt, die Sonne ins Gesicht scheinen, gingen zur Toilette oder inspizierten den Shuttle-Imbiss.

Doreen wischte sich mit dem Handrücken den Schweiß von der Stirn. Es waren mittlerweile bestimmt 28 Grad. In der Fahrerkabine war es nicht auszuhalten. Sie schaute sich nach einem Schattenplatz um und entdeckte fünf Autos hinter sich den grünen Noerske-Bus. Der Hippie war auch gerade ausgestiegen, winkte ihr zu und schlenderte in ihre Richtung.

»Das kommt hier dauernd vor«, sagte er, als er vor ihr stand. »Jeden Tag ist was anderes! Dagegen ist dein Bulli ein technischer Verlässlichkeitsgarant.« Er lachte. »Ich hol mir 'n Flens. Nützt ja nix. Willst du auch eins?«

»Nein danke, sehr nett«, lehnte Doreen höflich ab. »Aber vielleicht könnten Sie mir einen Kaffee mitbringen?«

»Mach ich, Sweetie! Mit oder ohne?«

»Bitte?«

»Mit Milch und Zucker – oder schwarz?«

»Schwarz, bitte!«

»Alright!« Er tippte sich an die Stirn, als hätte er gerade ein Kommando entgegengenommen, grinste und schlenderte Richtung Imbiss, drehte sich aber noch mal zu ihr um und rief ihr im Rückwärtsgehen zu: »Aber nimm mal den Stock aus dem Arsch. Mich hat noch nie ein Bulli-Fahrer gesiezt!« Er zwinkerte ihr zu und änderte dann wieder seine Laufrichtung.

Doreen schaute ihm hinterher und stellte sich in den Schatten des Busses, erschüttert über ihre Unfähigkeit, eine lockere Konversation zu führen. Offenbar war ihre Kommunikationsfähigkeit mittlerweile auf Delegieren, förmliche Anreden und Befehle reduziert. Unzufrieden mit sich selbst, fragte sie sich, wie sie mit der ungeplanten Situation umgehen sollte. Sollte sie sich wieder in den Bus setzen und verglühen? Oder hier weiter im Schatten rumstehen? Sich mit einer Unterlage auf die dreckige Bordsteinkante setzen? In der Alukiste auf dem Dach befanden sich doch angeblich zwei Klappstühle, sollte sie nicht einfach einen davon rausholen? Dann könnte sie etwas bequemer im Schatten sitzen, statt sich auf der harten Bordsteinkante zu quälen …

Entschlossen stieg sie bei geöffneter Tür auf den Beifahrersitz und zog einen der Stühle aus der Kiste.

»Hey, das sieht ja richtig wohnlich aus!«, hörte sie eine bekannte Stimme hinter sich, als sie ihn aufgeklappt hatte und sich gerade auf die Sitzfläche fallen lassen wollte. »Cool! Hast du noch einen davon?«

»Ja«, stotterte Doreen überrascht. »Ich glaube, in der Kiste da oben ist noch ein zweiter.«

»Nice Konstruktion«, befand Mr Rastalocke, der sich bereits den zweiten Klappstuhl aus der Kiste holte. »Das muss ich bei mir auch noch machen. Wo hast du die Box her?«

»Das weiß ich leider nicht«, sagte Doreen. »Es ist, wie gesagt, nicht mein Bus. Ich habe ihn nur geliehen.«

»Schade«, murmelte ihr ungebetener Gast, klappte den Stuhl auf, ließ sich darauf fallen, griff nach seinem Bier, das er neben Doreens Kaffee auf dem Bordstein abgestellt hatte, und ploppte es mit einem lauten Knall auf. »Es gibt doch nichts Schöneres als eine Shuttle-Panne«, schwärmte er. »Hier ist dein Kaffee!«

Doreen setzte sich, nahm ihr Heißgetränk entgegen und befreite es von seinem Deckel.

»Prost! Ich bin Mattes«, sagte ihr Sitznachbar, stieß seine Flasche an ihren Pappbecher und nahm einen tiefen Schluck.

Wenn ihr vor drei Tagen jemand gesagt hätte, dass sie bald mit einem Rasta-Hippie vor einem rostigen VW-Bus sitzen und mitten am Tag Bier trinken würde, hätte sie ihn für verrückt erklärt, dachte sie und nippte an ihrem Kaffee. Wie ging der Irrsinn hier jetzt weiter? Sollte sie Mattes ihren richtigen Namen verraten oder war das zu riskant? Was, wenn er sie googelte? Der Name Doreen war einfach zu selten ...

»Ich bin Doreen«, sagte sie trotzdem. Sich nun auch noch einen falschen Namen zu geben schien ihr zu verwirrend. Das konnte mehr Komplikationen machen, als dass es helfen würde.

»Dorin – mit i?« Er grinste.

»Nein, mit zwei e!«

»Alright, Doreen-Doppel-e. Was machst du auf Sylt? Wo willst du hin?«

»Nach Hörnum«, antwortete sie. »Auf den Campingplatz Silbermöwe.«

»Cool! Da arbeitet mein Buddy Max im Noerske als Koch. Der Bus ist seiner. Grüß ihn mal von mir, dann bekommst du einen besonders guten Platz!« Mattes nahm einen beherzten Schluck aus seiner Flasche. »Das Restaurant ist super! Musst du unbedingt mal hin. Die Jungs machen echt einen Spitzenjob!«

Doreen nickte.

»Wo kommst du denn her?«, wollte er nun von Doreen wissen.

»Aus Hamburg.«

»Machste Urlaub auf der Insel?«

»Ich fürchte, das geht Sie ...« Doreen schluckte den aufkommenden Wutanfall runter, der wegen seiner unverhohlenen Neugier gerade in ihr hochgekocht war. »Ich glaube, das geht dich nicht besonders viel an, oder?«

»Oh, Madame Geheimnisvoll!« Mattes hob entschuldigend die Hände. »Schon gut, schon gut! Du hast deinem Kerl aber nicht heimlich seinen Bus geklaut?« Er lachte schelmisch.

»Nein, ganz bestimmt nicht«, erwiderte Doreen schmallippig.

»Bist du Sylter?«, versuchte sie mit einer Gegenfrage, seine indiskreten Fragen zu stoppen.

»Aber so was von!«, sagte er stolz. »Born and raised on the Island!« Er drückte die Brust durch und klopfte sich selbst auf die Schulter. »Nordisch by nature – eine echte Rarität mittlerweile.«

»Ja, warum?« Doreen schaute ihn fragend an.

»Gibt nicht mehr viele echte Sylter auf der Insel«, erklärte er und sah plötzlich traurig aus. »Wohnraum ist viel zu teuer. Haben alles die neureichen Schnösel aufgekauft.« Er zeigte auf ein paar Porsche und BMW-SUVs.

Doreen fühlte sich unwohl. Sie kam sich wie eine Betrügerin vor.

»Diese Scheißdraufigkeit der Millionäre macht die Insel kaputt …«

»Ja? Warum?«, fragte Doreen schon wieder.

»Mensch, Mädel, hast aber echt nicht viel Ahnung, oder?« Er schaute sie erstaunt an. »Ist doch ganz einfach: Die Sylter, die auf der Insel arbeiten, können die hohen Mieten nicht bezahlen und ziehen um aufs Festland. Und wenn es in den Restaurants, Läden und handwerklichen Betrieben kein Personal mehr gibt, dann ist ganz schnell Ende Gelände …«

»Sie können doch einfach in ihren Elternhäusern bleiben«, schlug Doreen vor.

»Wovon träumst du nachts, Mädchen? Für Einzelkinder mag das ja eine Lösung sein, aber Geschwister, die ein Haus von ihren Eltern erben, können sich wegen der vollkommen explodierten Preise gegenseitig nicht auszahlen und müssen deshalb verkaufen. Und die Erbschaftssteuer tut ein Übriges.«

»Mhmm …«, machte Doreen, der dazu nichts Intelligentes einfiel. Aber dann haben sie doch wenigstens ein sattes Plus auf dem Konto, dachte sie und verstand das Drama, mit dem sie sich allerdings auch noch nie auseinandergesetzt hatte, immer noch nicht so recht.

»Und was machst du auf der Insel?«, erkundigte sie sich bei Mattes. »Wurdest du auch vertrieben?«

Mattes lachte. »Nee, ich habe das Glück, Einzelkind zu sein. Ich lebe tatsächlich im Haus meiner Eltern.« Er nahm einen Schluck.

»Ich bin Surflehrer – und Lebensmittel-Kurier«, lachte er. »Ich hole für die Noerske-Jungs ab und an Lebensmittel vom Hamburger Großmarkt!« Er deutete auf den Bus. »Der ganze Wagen ist voll.«

»Verdirbt das nicht, bei der Hitze?«, fragte Doreen besorgt, die sich Salatköpfe nicht bei sechzig Grad Innenraumtemperatur vorstellen mochte.

»Klimaanlage! Dieselbetrieben«, strahlte Mattes, leerte seine Bierflasche und gähnte. »Genug gesabbelt, mien Seuten. Ich hau mich noch mal hin! Sagst du mir Bescheid, wenn es hier wieder losgeht?«

»Klar«, sagte Doreen und hoffte, dass es lässig klang.

»Bis denne.« Mattes erhob sich und schlurfte zu seinem Bus. Die leere Bierflasche ließ er neben seinem Stuhl stehen.

Doreen schüttelte innerlich den Kopf über so viel Haltlosigkeit. Tagsüber Alkohol trinken und sich dann auch noch schlafen legen. Dazu noch diese Frisur, die kein Personalchef der Welt durchgehen lassen würde. Wahrscheinlich bezog er auch noch Hartz IV und arbeitete schwarz, vermutete Doreen. Na, diese Sorte Rumhänger, die sich aus dem sozialen Netz eine bequeme Hängematte gebaut hatten, würde sie jetzt mal gründlich vom Campingplatz vertreiben. Sie schmiss die Bierflasche in den Müll und griff sich ihr Laptop. Zeit, zu kontrollieren, was ihr Stellvertreter so anstellte. Selbstverständlich wusste er nicht, dass sie Zugriff auf seinen Firmencomputer hatte.

Während sie Excel-Tabellen und Personalpläne überprüfte, schweiften ihre Gedanken immer wieder zu der eben geführten Unterhaltung mit Mattes ab. Gespräche, lockeres

Geplänkel oder Party-Small-talks waren ihr äußerst unangenehm – weil sie ihr einfach nicht leichtfielen. Anders als im Berufsleben hatte sie privat eine seltsame Scheu vor Menschen. Vielleicht weil sie als Kind Einzelkämpferin sein musste. Sie war wie eine Insel, anders als alle anderen. Die Leichtigkeit und Unbeschwertheit, die andere Kindheiten boten, hatte es für sie nie gegeben. Sie hatte als Kind nichts zu lachen gehabt – und irgendwann hatte sie das Lachen verlernt.

In privaten Kommunikationen beschlich sie stets die seltsame Angst, dass das, was ihre Persönlichkeit ohne ihren Status zu bieten hatte, nicht reichen würde. Nicht interessant genug war, nicht liebenswert. Und da sie es nicht ertragen hätte, abgelehnt zu werden, versuchte sie, zwischenmenschliche Gespräche möglichst zu umgehen. Vermeidungsstrategie würden die Psychologen sagen – aber auch die vermied sie ... Ihr perfekt durchorganisiertes Leben funktionierte gut, so wie es war. Warum also etwas ändern? Doreen trank den letzten Schluck schwarzen Kaffee, der übrigens furchtbar schmeckte, und wandte sich wieder ihrem Laptop zu.

Nachdem sie sich geschlagene zweieinhalb Stunden mit Bestellungen, E-Mails-Schreiben und sonstiger Organisation beschäftigt hatte, um sicherzugehen, dass während ihrer Abwesenheit auch wirklich alles glattlief, suchte sie mit größtem Ekel die Bahnhofstoilette auf. Als sie zurück zum Bus kam, zeigte die Anzeigetafel endlich an, dass der Defekt behoben war und die Verladungen beginnen konnten. Hektisch lief sie zu Mattes' Bus, um dort an die Scheibe zu klopfen. Der »natural born« Sylter hatte sich quer über Fahrer- und Beifahrersitz gelegt und schien komaartig zu schlafen.

»Geht los!«, rief Doreen in knappem friesischem Wortschatz und klopfte an das Fahrerfenster.

Mattes öffnete verwirrt die Augen, und sie überließ ihn seinem Schicksal, um schnell die Stühle in die Alukiste zu packen.

Mit krachenden Gängen holperte sie auf die schmale Trasse des Autozuges und war ob dieses Balanceaktes schweißgebadet. Der Zug fuhr an, tuckerte über Wiesen und Felder, und der Fahrtwind, der durchs offene Fenster hereinwehte, kühlte Doreens glühendes Gesicht etwas ab. Ihr war plötzlich sehr elend zumute. Es war eine Fahrt ins vollkommen Ungewisse, die sie mit jedem Meter weiter weg aus ihrer Sicherheitszone trug. Zum ersten Mal seit Langem fühlte sie sich überfordert. Weder auf ihre täglichen Rituale noch auf ihre gewohnte, penibel saubere Wohnung, die eine Art Schneckenhaus für sie war, zurückgreifen zu können war eine psychische Katastrophe. Der Auftrag war der Super-GAU für ihr durchorganisiertes Leben, und Doreen spürte ein ungewohntes Ziehen in den Wangen. Das hatte sie zuletzt als Kind gespürt, wenn sie weinen musste …

7

Es war bereits nach 17 Uhr, als sie endlich auf dem Campingplatz ankam. Schon die Zufahrt zum Gelände erschütterte sie. Eine sandige, mit rostigen Metallteilen, Schrauben und Bauschutt übersäte Schotterstraße führte durch militärisch anmutende Betonruinen. Ausgeblichene, schmutzverkrustete gelbe oder grüne Plastikmülltonnen und verrottete Baugeräte flankierten den Weg. An einer rot-weiß gestreiften Schranke ging es nicht mehr weiter, sie musste den Bus abstellen und zu Fuß zur Rezeption laufen.

Die schlaglochübersäte, jetzt aber immerhin asphaltierte Straße führte am Restaurant Noerske vorbei, das in einem jugendherbergsartig aussehenden roten Backsteinhaus untergebracht war. Auf einer verwitterten Holzterrasse standen ein paar verlorene Tische und Stühle herum – aber Doreen konnte keine Gäste ausmachen. Eine Tafel, auf der mit Kreide *Mittwoch Ruhetag* geschrieben stand, löste dieses Rätsel schließlich genau in dem Moment auf, in dem Mattes' Bus hinter ihr hupte und er ihr fröhlich aus dem Fahrerfenster zuwinkte.

Doreen, die keinen Bedarf an intensiverem Kennenlernen hatte, beschleunigte ihren Schritt und hastete zur Rezeption. Das Büro des Platzwartes und die Anmeldung befanden sich in einem heruntergekommenen Bungalow, dessen ehemals weiße Außenwände dringend neu gestrichen werden sollten.

»Na, min Deern?«, begrüßte sie eine dicke Frau hinter dem Empfangstresen. Sie trug ein Blumenkleid, hatte die grauen Haare hochgesteckt und hieß Stine, wie ein Namensschild verriet, das an ihre üppige Brust gepinnt war.

»Was kann ich denn für dich tun?« Stine lächelte sie freundlich an und legte ihr Strickzeug, das aussah wie eine übergroße, lila-weiß gestreifte Socke, beiseite.

Doreen schluckte ihre Empörung darüber runter, dass man hier offenbar ungefragt von allen geduzt wurde, und presste steif hervor: »Guten Abend, mein Name ist Grüning! Für mich müsste ein Platz reserviert sein.«

Sie hatte zunächst gedacht, dass es besser sei, inkognito – also unter Frau Kleibers oder Frau Zemkes Namen – zu buchen, hatte den Plan dann aber wieder verworfen, weil man zum Einchecken ja den Personalausweis vorlegen musste.

»Jo«, sagte Stine und griff zu einem Kasten mit Karteikarten, den sie zu durchsuchen begann. Hatten die gar keinen Computer hier?, wunderte sich Doreen.

Sie ließ den Blick durch den Raum schweifen. An einer altmodischen Kork-Pinnwand hingen alle möglichen Infozettel und Prospekte. Der grüne Linoleumboden schlug Wellen, und es roch muffig. Und was lag da hinten in der Ecke?, fragte sie sich entsetzt. War das etwa ein Berg schwarzer Haare? Eine Fellecke statt einer Fettecke? Das konnte ja wohl nicht wahr sein …

»Das ist Daisy, unser Platzhund«, erklärte Stine lächelnd, die Doreens irritierten Blick aufgefangen hatte. »Ihre Besitzerin ist vor einem halben Jahr nach Australien ausgewandert, seitdem ist sie sehr traurig und liegt den ganzen Tag bei mir rum. Nicht wahr, Daisy?« Stine drehte sich zu der Hündin um, die, als sie ihren Namen hörte, die Augen öffnete und träge den Kopf hob.

»Ein Jammer is das«, seufzte Stine. »Sie ist eine Neufundländerin, die immer leidenschaftlich gerne geschwommen ist. Jeden Tag war sie mit Helga im Wasser. Und nun gammelt sie hier nur noch rum … Aber das kriegen wir schon noch wieder hin, meine Süße, nicht?« Sie streichelte der Hündin so zärtlich wie aufmunternd über den Kopf.

Doreen nahm diese Infos kommentarlos entgegen. Was sollte sie dazu auch sagen? Sie hatte nicht viel für Haustiere übrig. Viel zu viele Haare und viel zu dreckig. Es sei denn, es handelte sich um Welpen … Doreen schluckte. Da war sie wieder, ihre verwundbare Stelle.

»Das Internet funktioniert gerade mal wieder nich«, erklärte Stine, während sie eine Karteikarte herauszog. »Doreen?«

Doreen nickte.

»Ja, hier ist es. Bitte ein Autogramm – und deinen Perso!« Sie legte das bereits ausgefüllte Buchungsformular auf den Tresen und kassierte Doreens Personalausweis ein. »Den kriegste beim Auschecken wieder.«

Doreen nickte und unterschrieb.

»WLAN ist kostenlos. Wasch- und Sanitärräume sind um die Ecke. Richtig kochen kannste auch, wir haben seit letztem Jahr einen extra Küchenraum.«

»Gut«, sagte Doreen.

»Dusche und Küchengeräte sind mit deiner Gästekarte bedienbar«, fuhr Stine mit ihrem Vortrag fort. »Die Gebühren für Duschen und Strom ergeben sich aus deinem persönlichen Verbrauch und werden beim Auschecken abgerechnet.«

Stolz schob sie Doreen einen Zettel mit den WLAN-Zugangsdaten und ihre Gästekarte über den Tresen.

»Das System mit den Gästekarten haben wir auch erst seit einem Jahr«, strahlte Stine. »Toll, oder? Das ist so viel einfacher als diese Dusch-Münzautomaten, die wir vorher hatten.«

»Mhm«, machte Doreen und konnte nicht glauben, dass sie knapp einer Situation entgangen war, in der sie stets genug Münzen für ihre Körperpflege und die Zubereitung warmer Mahlzeiten hätte bereithalten müssen. Sie erinnerte sich gar nicht, wann sie zum letzten Mal Bargeld benutzt hatte.

»Hast du einen Hund dabei?«, wollte die Frau namens Stine nun wissen.

Doreen verneinte.

»Och, schade! Sonst hättste unsere neue Hundewaschanlage benutzen können!«

»Hundewaschanlage?«

»Ja, hinter den Sanitärgebäuden haben wir drei Waschstationen für unsere Lieblinge aufgebaut. Die haben sogar einen Föhn!« Stine strahlte so stolz, als hätte sie gerade die Relativitätstheorie erfunden.

»Verstehe«, sagte Doreen und hatte keine Lust, weiter darauf einzugehen. Sie hatte schließlich keinen Hund und auch nicht vor, sich demnächst einen anzuschaffen. Stine schien enttäuscht. Irgendwie brachte ihr steifes Gegenüber nicht die richtige Resonanz für all ihre euphorischen Offenbarungen, schien sie zu finden.

»Ove!!«, rief sie plötzlich. »Zeigst du der seuten Deern mal ihren Platz?«

Von der überraschenden Lautstärke aufgeschreckt, hob der Fellberg namens Daisy träge den Kopf und schaute verwirrt mit roten Schlafaugen in die Runde.

Aus einem Nebenraum schlurfte ein mürrisch aussehender Seebär mit Rauschebart und Prinz-Heinrich-Mütze heran, der in einem sehr dreckigen, vermutlich ehemals blauen Overall steckte, und tätschelte Daisy im Vorbeigehen beruhigend über den Kopf. »Ist gut Mäuschen …«

Daisy stieß einen tiefen Seufzer aus, schmatzte kurz und heftig und rollte sich wieder ein.

»Nummer 95, du weißt schon …«, sagte Stine zu dem Overallträger.

Der nickte mürrisch und knurrte Richtung Doreen: »Dann komm mal mit, Deern!«

Mit erstaunlich schnellen Schritten marschierte er aus dem Büro und die Straße hinunter zum Campinggelände. Doreen hatte tatsächlich etwas Mühe, ihm zu folgen. Ove zündete sich im Gehen eine Kippe an und vergewisserte sich, dass Doreen hinterherkam.

Auf dem Platz herrschte rege Abendbetriebsamkeit. Menschen, die vom Strand kamen, zogen Bollerwagen hinter sich her. Grillschwaden hingen in der Luft, Kinder lachten, Frauen mit Plastikkisten, in denen sich Geschirr stapelte, eilten Richtung Wasch- oder Kochraum.

Wo mochten die alle wohnen?, fragte Doreen sich, denn auf der Zufahrtsstraße, auf der sie gerade über das Gelände liefen, lag wadenhoher Sand – Befahren war absolut unmöglich. Links und rechts der verschütteten Straße standen fast ausschließlich heruntergekommene, vergilbte 70er-Jahre-Wohnwagen, die zum Teil meterhoch im Sand steckten. Die Räder und Radkästen waren größtenteils mit Planen oder Holzverkleidungen geschützt, damit der Sand nicht überall drunterkroch. Die Wagen waren vollkommen eingewachsen. Vor den Rädern wucherten zum Teil dichte Dünengrasstauden, die bewiesen, dass die Vehikel seit Jahren nicht bewegt worden waren. Es machte alles einen ziemlich desolaten Eindruck und erinnerte an eine verlassene Geisterstadt in einem alten Western ...

Lebte in diesen fast schon museumsreifen Unterkünften überhaupt noch jemand? Die Fantasie ging mit Doreen durch: Lagen in den Wohnwagen hinter den zugezogenen Jalousien vielleicht jede Menge verweste, vergessene Leichen?

»Das sind unsere Dauerstellplätze«, erklärte Ove ungefragt.

»Aha«, machte Doreen. Das waren also die 27 Kandidaten, die sie zum Umzug bewegen musste. So versteinert, wie hier alles schien, würde das bestimmt keine leichte Aufgabe sein ...

»Wie kommt man denn hier überhaupt mit dem Wagen durch den Sand?«, fragte sie irritiert.

»Mit dem Trecker!«, antwortete Ove wortkarg.

»Und die Bullis?« Doreen deutete auf eine Ansammlung von VW-Bussen am hinteren Ende des Platzes.

»Die ook«, brummte er.

An einem größeren Vorzelt hing ein handgemalter Zettel in Kinderschrift: *Geschwister, die Eva-Lotta heißen, Dürven Nicht Rein!*

Doreen schmunzelte. Doch nicht alle tot hier ...

Im Dünengürtel, der den Zeltplatz umgab, konnte Doreen einzelne Wurf- und Igluzelte erkennen. Wie Pilze schienen sie überall verstreut in den mit Heidekraut bewachsenen Dünentälern und -hügeln zu liegen.

Sie hatten das Gelände nun einmal durchquert, und Ove blieb vor einem Rasenplatz direkt am Dünenrand stehen. »Du hast Glück, Deern«, brummte er und zeigte auf die Parzelle. »Die Reservierung wurde erst vor einer Stunde storniert. Ist einer unserer schönsten Plätze.«

»Toll«, stotterte Doreen und warf einen prüfenden Blick auf ihre Nachbarn links und rechts. Es waren beides größere Wohnwagen, die verlassen und unbewohnt aussahen.

»Ist der Campingplatz gar nicht ausgebucht?«, fragte sie Ove deshalb verwundert.

»Doch, bis auf den letzten Zentimeter, min Deern«, brummte er. »Was hast du denn? Wohnwagen oder Bus?«

»Bus.«

»Dann fahr damit mal zur Schranke, dann schlepp ich dich mit dem Trecker ab«, sagte Ove, trat seine Zigarette aus, drehte sich um und machte sich auf den Rückweg.

8

Willy the Bulli knarzte und ächzte, als Ove ihn hinter seinem alten, rußqualmenden Trecker über den Sandweg zog. Kurz hatte Doreen Sorge, ihr rostiges Heim würde auseinanderbrechen. Tat es aber nicht.

Als sie ihre Parzelle erreichten, stieg Ove aus und schlurfte mit zwei Auffahrtskeilen in der rechten und einer Wasserwaage in der linken Hand zu ihr. »Na, denn wollen wir mal schauen, ob wir das schöne Stück gerade auf den Rasen kriegen«, brummte er und winkte Doreen mit Handzeichen ein.

Als sie seiner Meinung nach offenbar korrekt stand, schob er einen Keil unter das rechte Vorderrad und forderte sie auf, »ganz suutsche da rauf« zu fahren. Zentimeterweise fuhr Doreen im ersten Gang an, bis Ove »Stopp!« rief. Er legte die Wasserwaage aufs Dach und war anscheinend zufrieden. »Kannst ausmachen«, brummte er.

Doreen zog die Handbremse und stellte den Motor aus. »Moment!«, rief sie Ove nach, der sich schon umgedreht hatte und bereits im Weggehen war. Hastig wühlte sie im

Rucksack nach ihrem Portemonnaie und zog einen 10-Euro-Schein heraus.

In Hotels gehörte es zum guten Ton, den Pagen ein ordentliches Trinkgeld zu geben. War das hier auch so? Doreen wollte keinen Fehler machen und drückte dem Seebären den Schein in die Hand.

»Die Firma dankt«, murmelte der verlegen und schob den Zehner in die Brusttasche seines Overalls.

Erschöpft setzte Doreen sich in die offene Schiebetür des Busses und schaute sich um. Das war es nun also – ihr neues Zuhause für die kommenden Wochen! Sie hatte den Bulli so gestellt, dass die Schiebetür-Öffnung Richtung Dünengürtel lag. Auf dieser Seite fiel ihr Blick also nur auf Dünengras, Heidekraut und Heckenrosen – und die versprengten Zelte.

Wenn sie auf die andere Seite des Busses ging, konnte sie den gesamten Platz überblicken, denn ihre Parzelle lag leicht erhöht.

Doreen holte Tisch, Stühle und Teppich aus der Dachkiste und baute beziehungsweise rollte das Equipment vor der Schiebetür aus. Es war immer noch sehr warm, aber eine angenehme Brise vom Meer sorgte für etwas Frische.

Da es schon nach achtzehn Uhr war und somit ihr vierzehnstündiges Fastenintervall angebrochen war, beschloss sie, sich auf dem Gaskocher der Außenküche erst mal einen Pfefferminztee zu kochen. Nur woher Wasser nehmen? Sie würde wohl oder übel mit dem Teekessel in der Hand zu den Sanitärräumen laufen müssen. Oder vielleicht war es besser, den Wassertank, den sie bei ihrer gestrigen Reinigungsaktion komplett geleert und desinfiziert hatte, aufzufüllen?

Doreen zog den Kanister aus der Schublade und machte sich auf zu den Sanitär- und Waschräumen. Die befanden sich neben der Rezeption auf einer Anhöhe. Doreen stieg die Treppe hoch und machte sich auf das Schlimmste gefasst, denn auch diese Gebäude hatten dringend einen neuen Anstrich nötig und waren seit den 70er-Jahren garantiert nicht mehr saniert oder renoviert worden, wie es schien.

Die Tür zum »Spülraum« stand offen. An den etwa zwanzig Waschbecken standen vereinzelt ein paar Frauen, die konzentriert ihr Geschirr spülten.

Im Raum daneben war die »Küche« untergebracht, eine über die gesamte Raumlänge laufende Arbeitsplatte mit etlichen aneinandergereihten Herdplatten und Öfen.

»Moin«, rief Doreen in den Spülraum, und einige Frauen schauten auf, erwiderten das »Moin« und nickten ihr wortlos zu.

Doreen stellte den Kanister in ein freies Becken und drehte mit spitzen Fingern den Wasserhahn auf. Es war bestimmt alles schrecklich mit Bakterien und Viren verseucht hier. Besonders sauber sah es jedenfalls nicht aus. Sie traute sich gar nicht, den Fußboden, der aus ehemals hellgrauen Fliesen bestand, genauer zu inspizieren.

Mitleidig schaute sie sich zu den anderen Frauen um. Die Armen, dachte sie, dass sie in diesem schmucklosen Raum abwaschen mussten – bis ihr plötzlich dämmerte, dass auch sie hier demnächst stehen und ihr Geschirr in einer Plastikkiste durch die Gegend tragen würde. Der Bus hatte schließlich weder Geschirrspülmaschine noch Spülbecken.

Fluchend schleppte sie den befüllten Kanister, der zwanzig Liter fasste und dementsprechend schwer war, nach erfolgreicher Befüllung wieder Richtung Bus. Was für ein Komfortverlust! Sie kam sich vor wie in die Steinzeit versetzt. In der Hochhauswohnung ihrer Kindheit hatten sie wenigstens fließend Wasser gehabt – und einen Kühlschrank. Von einer Dusche ganz zu schweigen.

Kein Make-up, kein Föhn, kein fließendes Wasser – sie fühlte sich ein bisschen wie im Dschungelcamp. Das war echtes Survivaltraining hier ...

»Hey! Soll ich dir helfen?« Bevor ihre Laune endgültig ins Bodenlose zu stürzen drohte, tauchte hinter ihr ein braun gebrannter Surfertyp mit nacktem Oberkörper auf, nahm ihr den Kanister ab und trug ihn so locker, als wäre er ein Müsliriegel.

»Danke«, stotterte Doreen überrascht. »Das ist aber nett!«

»Kein Problem! Ich hab dich vorhin mit deinem Bus ankommen sehen. Bullifahrer müssen sich doch helfen«, grinste er.

Zurück am Bus, wuchtete er den Kanister mit großer Leichtigkeit wieder auf die Schublade und arretierte ihn fachmännisch mit den dafür vorgesehenen Riemen.

»Cooler Bus«, befand er anerkennend. »Diesel?«

»Ja«, sagte Doreen knapp, die sich schon wieder in akuter Small-Talk-Hemmung befand.

»Die T 4s sind echt die Besten. Alles danach kannste knicken!«, befand er ungefragt und grinste sie solidarisch an. »Schönen Abend noch!« Leichtfüßig federte Mr Sunshine davon.

»Danke, dir auch«, rief Doreen ihm hinterher und ließ den Teekessel volllaufen. Jetzt musste sie nur noch den Gasbrenner anbekommen, ohne dass er ihr um die Ohren flog. Es war einfacher als vermutet. Schon nach kurzer Zeit kochte das Wasser, und sie konnte endlich ihren Tee aufgießen.

Mit dem Becher in der Hand setzte sie sich in einen der beiden Stühle und schlürfte mit knurrendem Magen an ihrem Tee. Und nun? Wo sollte sie auf Toilette gehen? Und wo duschen? Wenn sie an die Sanitäranlagen dachte, wurde ihr sofort übel.

Sie beschloss, erst mal einen Spaziergang zu machen und sich die Umgebung anzuschauen. Und das Meer.

In der Mitte des Geländes führte eine Holztreppe durch die Dünen zur Seeseite, die sie erklomm. Ganz oben gab es eine Aussichtsplattform, die einen fantastischen Rundumblick über Meer und Insel bot.

Die herrliche Sommerabendstimmung tauchte Dünenhügel und Heidelandschaft in warmes, oranges Licht, der Himmel leuchtete in leichten Fliederfarben. Das grüne Meer bot dazu einen eindrucksvollen Kontrast und präsentierte sich mit wilder, grüner Brandung, die sich wie das Fauchen eines ungezähmten Raubtieres anhörte. Eindrucksvolle Wellen rollten ans Ufer und überschlugen sich in weißem Schaum. Doreen war von dem Schauspiel so beeindruckt, dass sie die Treppe zum Strand herunterstieg und an den Ufersaum spazierte – die Schuhe in der Hand.

Es war ein sehr ungewohntes Gefühl für sie, die sonst ausschließlich Businesspumps oder Joggingschuhe trug, den warmen Sand an den Füßen zu spüren. Die Gischt strich einen erfrischenden salzigen Film auf ihre Haut und tauchte alles in milchiges Licht. Wie mit Weichzeichner bearbeitet, erschien Doreen das Szenario. Es erinnerte sie an die nebeligen Bilitis-Fotos von David Hamilton.

Sie atmete tief durch, breitete die Arme aus und schlenderte seltsam berauscht von der Schönheit der Natur am Meeressaum entlang und ließ die Brandung ihre Füße überspülen. Nach einer Weile setzte sie sich in den Sand und checkte ihr Handy. Kein Anruf, keine Nachricht. Von wem auch? Gefasst steckte sie es zurück in die Tasche und ließ ihren Blick zum Horizont schweifen. Ja, ein Luxus-Camping-Resort würde hier sensationell einschlagen – da war sie sich plötzlich ganz sicher. Höchste Zeit, eine erste To-do-Liste zu erstellen! Und ihr Sportprogramm hatte sie auch noch nicht erfüllt.

Doreen packte die Schuhe in den Rucksack und joggte zwanzig Minuten im Sand Richtung Hörnumer Odde, bis direkt vor ihr plötzlich vollkommen unbekleidete Menschen ins Meer rannten, sich mit dampfenden Körpern in die Brandung warfen und laut juchzten. Sie schienen aus der Strandsauna zu kommen, die ein paar Meter weiter in den Dünen lag, wie Doreen entdeckte.

Sie drehte um und joggte zurück. Eine Holztreppe, von der sie annahm, es sei die gleiche wie auf ihrem Hinweg, mündete direkt vor dem Noerske-Restaurant. Zu ihrer Erleichterung war Mattes' Bus nirgends zu sehen. Offenbar war er schon wieder abgefahren. Doreen stoppte vor einem Glaskasten, in dem die Speisekarte aushing, studierte das Angebot – und war überrascht. Sie hatte Matjes mit Bratkartoffeln, Currywurst mit Pommes und Jägerschnitzel mit Kroketten erwartet – stattdessen wurde hier ein *Black Bean Burger 2.0* angeboten: *Tjerks ausgeklügeltes, veganes Patty mit Zucchini-Chutney, Tomaten, frischen Zwiebeln, Rucola und Dattel-Currysauce.*

Erstaunlich klang auch der *Coq au Cidre: Über längere Zeit in Gewürzen und Buttermilch marinierte und ausgelöste Hähnchenkeule, die anschließend in Cidre zart geschmort wird, schmiegt sich an Euren Gaumen. Das Ganze legt sich über ein leckeres Senf-Kartoffelpüree mit süßsauren Möhrchen und Panko-Röstzwiebeln.*

Die Gerichte hatten ja Hamburger Sterneniveau, wunderte sie sich. Und das auf diesem Schrottcampingplatz. Erschrocken merkte Doreen, dass ihr Magen laut knurrte.

»Na, Appetit bekommen?«, lachte plötzlich eine Stimme hinter ihr.

Überrascht drehte Doreen sich um und schaute in die belustigten, himmelblauen Augen von Stine. Neben ihr saß Daisy und sah Doreen interessiert an. Stine hielt sie an der Leine.

»Nordseeluft macht hungrig, min Deern!«, grinste Stine. »Hast du denn heute noch gar nichts gegessen?«

»Doch, doch, natürlich«, stotterte Doreen verlegen.

Stine hatte den Nagel auf den Kopf getroffen. Tatsächlich hatte sie in all der Aufregung noch gar nichts zu sich genommen. Auch egal jetzt. Seit achtzehn Uhr war es ja eh zu spät.

»Soll ich dir noch 'ne Stulle schmieren?«, bot Stine an. »Ich wohne da über dem Gastraum«, sie zeigte auf das Dachgeschoss des Restaurants, »und hab einen Schlüssel für die Küche.« Sie kicherte und zwinkerte Doreen verschwörerisch zu. »'n Bier müsste da sicher auch noch sein.«

»Vielen Dank! Das ist sehr liebenswürdig«, lehnte Doreen ab. »Aber ich habe schon gegessen – und Alkohol trinke ich nicht.«

»Oh«, machte Stine und schaute sie mit großen Augen ungläubig an. »Na ja, muss ja jeder selber wissen«, beschloss sie dann und zog an Daisys Leine. »Komm, meine Süße!«

»Über das Noerske ist übrigens kürzlich im *Stern* berichtet worden«, sagte sie plötzlich und ließ die Leine wieder sinken. »Ein begeisterter Journalist«, Stine sprach es aus wie »Juuuhrnalist«, »hatte darin von der innovativen und kreativen Küche geschwärmt. Seitdem können sich unsere Jungs vor Reservierungen kaum retten. Das Restaurant ist jeden Abend ausgebucht.« Sie sah sehr stolz aus.

»Einer der Köche ist mein Sohn«, fügte sie hinzu. »Tjerk – den lernste bestimmt noch kennen.«

»Toll«, sagte Doreen, der dazu nichts Passenderes einfiel. »Und Ove ist Ihr Mann?«

»Um Himmels willen, nee!«, rief Stine lachend und schüttelte vehement den Kopf. »Den alten Brummbär könnste mir nackt auf den Bauch binden!«

Doreen schaute sie konsterniert an.

»Der alte Grantler ist ja inzwischen nur am Meckern!«, erklärte Stine und winkte ab.

»Warum ist er denn so schlecht gelaunt?«, erkundigte sich Doreen, um vom schlüpfrigen Aspekt des Themas abzulenken, denn den nackten Ove auf Stines ausladendem Bauch mochte sie sich wirklich nicht so gerne vorstellen.

»Seit sie ihm vor zwei Jahren seinen Kutter weggenommen haben, ist er nicht mehr so gut drauf. Das Boot war sein Ein und Alles. Er ist täglich raus zum Krabbenfangen gefahren, aber die Fangquoten, die EU-Beschränkungen und letztlich auch die Coronapandemie haben ihn ruiniert. Nu hat er nichts als Schulden und keinen Kutter mehr.« Stine strich sich eine graue Haarsträhne aus dem Gesicht. »Verständlich, dass seine Laune nicht mehr die beste ist«, ergänzte sie.

Doreen nickte. »Verstehe. Hat er denn keine Familie?«

»Oh, der schöne Ove hatte früher viele Frauen«, lachte Stine. »Als er noch nicht diesen schrecklichen Bart hatte, war der Kerl 'n echt schmuckes Mannsbild.« Ihr Blick entschwand in die Vergangenheit. »Aber wer will schon einen Mann, der nie zu Hause ist?«, setzte sie nach. »Und der einem nie alleine gehört ...« Das klang irgendwie bitter.

»Mhm«, machte Doreen.

»Nein, geheiratet hat er nie. So, nu muss ich aber los, min Deern!«, riss Stine sich aus ihren Erinnerungen. »Komm, Daisy!«

Widerwillig erhob sich der Fellberg. »Schönen Abend noch!« In Zeitlupe watschelten die beiden davon.

Der *Stern* hatte also über das Noerske berichtet, rekapitulierte Doreen auf dem Weg zum Bus. So ein Mist! Die Aufmerksamkeit der Presse galt es ja um jeden Preis zu vermeiden, von daher war es nicht besonders günstig, wenn jeden Abend zahlreiche begeisterte Feinschmecker aus aller Welt das Gelände enterten.

Mittlerweile war es fast 22 Uhr, und die Sonne begann rot glühend unterzugehen. In den Parzellen standen Kerzen oder Windlichter auf den Tischen, und hinter etlichen Wohnwagen-Fenstern brannte nun Licht. Es sah gemütlich aus.

Als Doreen bei ihrem Bus ankam, wurde sie freundlich von einem Vater mit Tochter begrüßt, die vor dem Wohnwagen zu ihrer Linken bei Kerzenschein Karten spielten. Aus der Tür des Wagens zu ihrer Rechten kletterte eine ältere Dame mit einer Katze auf dem Arm und nickte ihr wortlos zu. Sie hatte also doch direkte Nachbarn.

Zeit, ihr Bett für die Nacht vorzubereiten und die To-do-Liste für den nächsten Tag zu erstellen, beschloss Doreen. Sie klappte das Bett aus, was einfacher war als befürchtet, rollte den Topper darauf aus, den sie vor ihrer Abfahrt noch schnell im Jysk gekauft hatte, und bezog ihre Schlafstatt mit einem frischen Laken. Sie klemmte die Moskitogitter in die Schiebefenster, befestigte die Vorhänge an Seiten- und Frontscheiben, zog sie zu und schaltete die beiden Lichterketten, die Tobi einmal links und rechts über die gesamte Wagenlänge gehängt hatte und die aus papiernen, pastellfarbenen Kugeln bestanden, ein. Sie tauchten den Innenraum sofort in warmes Licht. Doreen musste zugeben, dass es im Bus nun sehr gemütlich aussah. Wie in einem Kokon.

Sie öffnete ihren Koffer und überlegte, wo und wie sie ihre Kleidung am besten aufhängen und unterbringen sollte. Einen Schrank gab es ja leider nicht, also hängte sie ihre Kleidung in der Fahrerkabine auf.

Die Tatsache, dass ihre Schuhe nicht paarweise akkurat nebeneinanderstehen konnten und dass Bügeln unmöglich war, da es keinen Strom gab, verursachten ihr starkes Unbehagen. Und wo sollte sie nun Zähne putzen, auf Toilette gehen und sich für die Nacht frisch machen? Auf keinen Fall wollte sie im Dunklen mit Taschenlampe noch mal über den gesamten Platz stolpern und die ekligen Sanitärräume betreten.

Sie kletterte aus dem Bus und putzte sich draußen die Zähne, spülte mit ein paar Schlucken aus einer Mineralwasserflasche nach, spuckte den Schaum in einen Becher, den sie anschließend am Dünenrand auskippte, in der Hoffnung, ihre Nachbarn würden es nicht bemerken.

Auf weitere Körperpflege würde sie heute eben ausnahmsweise mal verzichten, bis sie morgen eine gangbare Strategie hierfür hatte. Blieb noch das Problem mit der Toilette: Angewidert zog Doreen das viel gelobte Porta Potti hervor, schloss die Schiebetür und erleichterte sich. Zu ihrer großen Überraschung war es ganz einfach und sogar bequem. Und das Spülwasser verbreitete einen unerwartet frischen Duft. Angenehm überrascht, schob sie den kleinen Helfer zurück in seine Box und kroch ins Bett.

Sie schnappte sich ihr Laptop und begann, wie gewohnt

eine Liste für den nächsten Tag zu erstellen, als sie merkte, dass ihr vor Müdigkeit die Augen zufielen. Sie klappte den Computer zu und löschte das Licht.

Sie hatte noch nie in einem so kleinen Raum mit so vielen Fenstern drum herum geschlafen. Durch die offenen Schiebefenster hörte sie das rhythmische Rauschen der Brandung, das Wogen des Windes durchs Dünengras und entferntes Lachen. Die Luft roch nach Salz und Algen, und durch die Dachluke konnte sie die Sterne sehen. Sie fühlte sich plötzlich seltsam geborgen in ihrem Schneckenhaus.

Sie fiel in einen ungewohnt tiefen Schlaf, aus dem sie ihre Apple Watch um 5:30 Uhr brutal wieder herausriss.

9

Verschlafen setzte Doreen sich im Bett auf. Durch die Vorhänge schien die Morgensonne. Hatte sie tatsächlich durchgeschlafen? Erstaunlich. Normalerweise wachte sie pro Nacht drei- bis viermal auf.

Sie reckte sich gähnend, rappelte sich hoch und zog ihre Laufsachen an. Zeit für die Morgenrunde. Sie fühlte sich erstaunlich ausgeschlafen und fit und beschloss, Schwimmen im Meer mit einer Joggingrunde zu kombinieren. Das wären zwei Fliegen mit einer Klappe – genial!

Direkt vom Bus aus trabte sie in gewohnt gemäßigtem Tempo an der oberen Pulsgrenze ihres persönlichen aeroben Bereichs los, betrachtete die Holztreppe zum Strand als willkommene Fitnesseinheit, die sie im Sprint hochrannte, und joggte schließlich am Ufersaum entlang Richtung Rantum. Ihre Pulsfrequenz wurde dabei genauestens von ihrer Apple Watch überwacht.

Das Laufen im Sand war sehr viel mühsamer als erwartet, da gerade Flut war und Doreen deshalb entweder sehr schräg am Wasser – oder etwas höher im tieferen und weicheren Sand rennen musste, was sehr anstrengend war.

Nach etwa zwanzig Minuten piepste ihre Uhr ein Pulsfrequenz-Überschreitungs-Alarmsignal, und sie verlangsamte das Tempo. Sie stemmte die Hände in die Hüften, hielt kurz inne, atmete tief durch und ließ ihren Blick übers Meer schweifen. Es war erst kurz nach sechs Uhr morgens, der Strand war menschenleer. Die Urlauber genossen es, ausschlafen zu können, und lagen noch in ihren warmen Betten. Aber da hinten, direkt am Wasser – saß da jemand auf einem hölzernen Buhnenpfahl? Doreen näherte sich und erkannte Ove, der konzentriert Richtung Horizont starrte.

»Hallo, auch schon so früh wach?«, begrüßte Doreen ihn launig.

»Moin!« Er schaute sie überrascht an und nahm seine Pfeife aus dem Mund. »Jo«, knurrte er. »Ich bin früher immer um halb vier aufgestanden und mit dem Kutter rausgefahren. Länger als bis vier kann ich nicht schlafen. Dat kriegste nich mehr aus mir raus.« Er lächelte scheu. »Und du?«, erkundigte er sich. »Aus der Koje gefallen?«

»Ich mache morgens immer Sport«, antwortete Doreen. Ihre Uhr piepste und bedeutete ihr dadurch, dass ihr Puls nun zu langsam wurde. »Ich muss wieder los«, rief sie, zeigte auf die Uhr und lief weiter.

Dass Ove ihr hinterherschaute und ungläubig den Kopf schüttelte, bekam sie nicht mehr mit.

Kurz vor Rantum vermeldete ihr Handgelenkcomputer, dass das Laufpensum erfüllt wäre. Zeit für die Schwimmeinheit! Doreen zog ihre Sportsachen aus und sprang in dem Badeanzug, den sie darunter trug, in die Wellen. Das Wasser war herrlich erfrischend. Sie war schon immer gerne geschwommen und tauchte auch hier begeistert in die grüne Schwerelosigkeit ein. Als sie die Brechungslinie der Brandung überwunden hatte und im ruhigen Wasser schwamm, absolvierte sie ihr tägliches Pensum, indem sie parallel zum Strand schwamm. Sich weiter hinaus Richtung offenes Meer zu wagen schien ihr zu gefährlich.

Mit nassen Haaren und einem erschöpften, aber zugleich auch sehr erfrischten Gefühl kehrte sie nach ihrer Sporteinheit zurück zum Bus und stellte sich auf die Waage, die exakt das gleiche Gewicht wie immer anzeigte. Sie war also voll in ihrem Plan.

Zufrieden bereitete sie ihr vorportioniertes Müsli zu, brühte sich einen Kaffee auf und setzte sich vor den Bus. Sie musste dringend die aufklappbare Solaranlage, die man einfach neben Bus, Zelt oder Wohnwagen stellte und mit deren erzeugtem Strom man Kühlboxen, Kaffeemaschinen oder Fernseher betreiben konnte, aktivieren. Tobi hatte ihr zwar erklärt, wie die funktionierte, aber so ganz genau hatte sie es nicht verstanden. Egal, sie würde es schon schaffen!

Zuversichtlich kletterte sie nach dem Frühstück aufs Dach, zog das Gerät aus der Alukiste und stellte es vor dem Bus auf. Sie sollte es mit der Zweit-Batterie verkabeln, die sich unter dem Fahrersitz befand, hatte Tobi gesagt. Über die Batterie würde dann die Kühlbox geladen werden. Aber wo sollte sie ihr Laptop- oder Handy-Ladekabel einstecken? Erleichtert entdeckte sie in der Kiste einen Stecker für USB-Anschlüsse, den man einfach mit dem Modul verband.

Sie würde später, wenn die Anlage etwas Strom gespeichert hatte, checken, ob es auch wirklich funktionierte. Erst mal wollte sie sich – notgedrungen – den Sanitäranlagen beziehungsweise der Dusche stellen.

Mit Handtuch, Kulturtasche und einer großen Flasche Sagrotan bewaffnet, schritt sie dem vermeintlichen Bakterieninferno entgegen. Auf dem Weg dahin schlurften etliche Camper im Bademantel mit ungekämmten Haaren und Badelatschen an ihr vorbei und nickten ihr müde zu.

Eine warme, nach Discounter-Shampoo und -Duschgel duftende Nebelwolke schlug Doreen entgegen, als sie die Tür zu den Sanitärräumen öffnete. Sie enterte die einzige noch freie Kabine, steckte ihre Gästekarte in den Zähler und sprühte die gesamte Kabine inklusive Duschkopf erst mal gründlichst mit Sagrotan ab. Anschließend zog sie sich aus und drehte das Wasser mit spitzen Fingern auf.

Das heiße Wasser über den Körper laufen zu lassen war ein überraschend wohltuendes Gefühl. Mit geschlossenen Augen ließ sie sich das warme Nass über das Gesicht rieseln. Und wenn sie ehrlich war, war es mit geschlossenen Augen ganz egal, in welcher Dusche der Welt sie sich gerade befand. Es zählte nur das Gefühl der wohligen Entspannung – und das trat hier eindeutig gerade ein.

Gut gelaunt shampoonierte und seifte sie sich ein und ging, nachdem sie ihr Bad beendet und sich wieder angezogen hatte, ein Handtuch turbanartig um die noch nassen Haare gewickelt, zurück zum Bus. Sie gönnte sich noch einen zweiten Kaffee auf ihrer »Außenterrasse« und ließ die Haare dabei in der minütlich immer wärmer werdenden Sonne trocknen.

Was war heute zu tun?

Natürlich hatte sie sich bereits in Hamburg Gedanken darüber gemacht, wie sie ihren Auftrag am effektivsten erledigen könnte. Das größte Problem bestand darin, die 27 Dauerstellplatz-Pächter, die ihre Parzellen zum Teil schon seit über dreißig Jahren bewohnten, zur freiwilligen Kündigung zu überreden.

Ihr Plan war es, zunächst jeden Einzelnen von ihnen kennenzulernen und sein Vertrauen zu gewinnen – und das möglichst unauffällig! Dazu würde sie sich einfach von jedem etwas leihen, hatte sie sich überlegt: mal Salz, mal ein Ei, mal Milch – über diesen Trick würde sie versuchen, mit den Pächtern ins Gespräch zu kommen.

Schritt zwei wäre dann, die Dauercamper zur freiwilligen Kündigung zu bewegen. Dafür wollte sie sich mit einem Bauern in Tinnum kurzschließen, der, wie sie über die Stellplatz-Such-App »park4night« herausgefunden hatte, eine Wiese an anspruchslose Camper vermietete. Mithilfe von Marquardts zur Verfügung gestelltem Etat wollte sie ihn dazu überreden, die Wiese als Campingplatz zu bezeichnen, den sie den Dauercampern als besonders preiswerte und naturnahe Alternative ans Herz legen wollte. Im ersten Jahr sollten Strom und Stellplatzgebühr für diejenigen, die bereit waren, sofort dorthin umzuziehen, umsonst sein.

Zunächst wollte sie aber die nähere Umgebung erkunden. Und hatten die Chefs nicht von ihr verlangt, reiten und surfen zu lernen, um als Managerin des künftigen Glamping-Resorts mit ihren Gästen mithalten zu können? Eine Surfschule würde sie sich wohl oder übel auch suchen müssen. Und nachmittags würde sie dann zu diesem Tinnumer Bauern fahren.

Sie nahm ihren Schminkspiegel aus ihrem Koffer und machte sich an ihr morgendliches Make-up. Als sie ihr Spiegelbild sah, blieb ihr allerdings kurz der Mund offen stehen. Ihre Naturlocken waren in der salzigen Meeresluft geradezu explodiert – und den Rest hatte vermutlich das Trocknen in der Sonne ohne Föhn besorgt. Wie sollte sie die zahlreichen Kringel denn jetzt wieder glatt kriegen? Ohne Föhn, da ohne Strom? Mit Festiger und Föhn nochmals den Sanitärraum zu entern schien ihr absurd. Marquardt hatte doch gewollt, dass sie möglichst glaubwürdig, sprich natürlich aussah. Also würde sie die Haare jetzt ausnahmsweise mal so lassen. Sie band die volle Lockenpracht zu einem lockeren Pferdeschwanz zusammen und legte auch nur ein kleines Make-up auf. Fast schien es Doreen, als würden ihre Haare jubeln, dass sie sie endlich aus ihrem jahrzehntelangen, glatt gebügelten Haarspray-Korsett befreit hatte.

Jeans, T-Shirt, Hoodie und Sneaker waren – laut Befehl von oben – seit gestern ihre Uniform, und die ungewohnt bequeme Kleidung bescherte ihr ein gänzlich neues Lebensgefühl, als sie ihr Fahrrad vom Gepäckträger nahm.

»Doreen?«, hörte sie plötzlich eine weibliche Stimme fragen. Erstaunt drehte sie sich um.

»Ja?«

Sie schaute in das tief gebräunte Gesicht einer sportlichen, durchtrainierten Blondine in Shorts, T-Shirt und Flipflops. Sie schätzte sie auf Mitte zwanzig.

»Hi, ich bin Mareike, die technische Beraterin des Platzes. Ich hatte gestern einen dringenden Termin in Hamburg, deshalb komme ich erst heute dazu, dich einzuweisen. Kommst du mit allem klar? Strom? Wasser?«

»Äh?«, stammelte Doreen verdattert.

»Ach, ich sehe gerade«, sagte Mareike und schaute auf die Schiebetürseite des Busses, »dein Bus hat ja gar keinen externen Stromanschluss! Wie sieht es mit Frischwasser aus?«

»Äh«, stotterte Doreen schon wieder, die mit diesem Begriff nicht viel anfangen konnte. »Ich habe einen Kanister, den ich immer neu befüllen muss!« Sie öffnete die Heckklappe und zog die Schublade heraus.

»Ah, prima!«, freute sich Mareike. »Und wie hast du ihn befüllt?« Sie lachte und zeigte dabei beneidenswert weiße Zahnreihen. »Hast du das schwere Ding etwa ganz hoch zu den Sanitärräumen geschleppt?«

»Ja?«, antwortete Doreen verunsichert. »War das falsch?«

»Nein. Aber den Stress brauchst du dir ab sofort nicht mehr machen. Ich koppele dir einen Schlauch an den nächsten Anschluss, den du dort dann einfach nur aufdrehen musst.«

»Prima«, freute sich Doreen über diese unerwartete Erleichterung.

»Kannste auch eine Außendusche dran anschließen – sofern du kalt duschen magst.« Mareike zwinkerte ihr zu und zeigte dann auf Doreens Fahrrad.

»Nices Bike! Machst du das professionell?«

»Äh, nein?«

»Ich dachte nur … siehst ziemlich durchtrainiert aus …« Sie schaute auf ihr Klemmbrett und notierte sich etwas.

»Und das Solarpaneel?«, wollte sie dann wissen. »Funktioniert das gut?« Sie wies mit dem Kopf in Richtung des aufklappbaren Dings, das Doreen immer noch nicht kapiert hatte.

»Ich denke schon …«

Mareike schaute sie verwundert an und grinste dann. »Verstehe! Komm, ich erklär's dir!«

Professionell verkabelte sie das mysteriöse Paneel nochmals mit der Zweit-Batterie und Doreens Handy- und Laptop-Ladekabeln.

»So, jetzt müsste alles funktionieren!« Sie ließ etwas Wasser aus dem Kanister über ihre Hände laufen, spülte sie ab. »Mattes hat mir übrigens schon von dir erzählt …« Sie drehte den Wasserhahn zu und rieb ihre Hände an ihren Shorts trocken.

»Mattes?«

»Ja, der Typ mit den Rastahaaren! Ihr standet zusammen am Shuttle. Er ist mein Freund.«

»Aha«, sagte Doreen, der dazu nichts weiter einfiel.

»Er meinte, du solltest den Anlasser noch mal checken lassen. Er hat ihn zwar festgezogen, aber ganz geheuer war ihm das nicht. Kannst natürlich auch ihn fragen, er kennt sich ja wirklich gut aus.« Mareike lächelte stolz.

»Ah, danke für den Tipp. Ich schau mal.«

»Mach das. Bis später dann!« Und schon rauschte Mareike mit federndem Gang wieder davon, links und rechts die Gäste grüßend.

»Ja, bis später«, rief Doreen ihr hinterher. Ein eigener Technical Support – so viel kompetenten Service hätte sie dem Platz gar nicht zugetraut.

Beruhigt, dass jetzt endlich alles seine Ordnung hatte und einigermaßen funktional war, stieg sie auf ihr Bike und radelte los Richtung Rantum.

Es war noch nicht besonders heiß, und sie genoss es, in der lauen Sommerluft durch die grüne Dünenlandschaft zu radeln. Die Insel war hier sehr schmal, und sie konnte rechts und links das Meer sehen. Die zahlreichen wunderschönen Reetdachhäuser des Ortes entzückten sie genauso wie das kleine Wäldchen, das sie kurze Zeit später durchquerte. Auf dem Deich des Rantum-Beckens radelte sie Richtung Westerland und war vollkommen fasziniert von der Vogelvielfalt, die sie hier überraschte. Alle möglichen Arten von Seevögeln schienen hier zu brüten und umherzufliegen.

Da sie – dank des Motors ihres E-Bikes, den sie nur in Ausnahmefällen dazuschaltete – nun sowieso schon fast in Tinnum war, radelte sie weiter zu Bauer Clausens Biobauernhof. Idyllisch in Einzellage und inmitten von Wiesen und Feldern gelegen, bot der Hof Campingstellplätze auf einer großen Wiese vor dem Stallgebäude an. Das hatte sich aber scheinbar noch nicht herumgesprochen, denn lediglich vier Wohnmobile standen mit großem Abstand zueinander auf dem Rasen.

Doreen entdeckte eine kleine Hütte, in der eine »Milchtankstelle« zum Zapfen frischer Biomilch untergebracht war. Außerdem stand dort ein Automat, der hofeigene Bioeier und diverse andere Lebensmittel bot. Lose auf der Wiese verteilt, machte Doreen ein paar Stromsäulen aus – WCs, Abwaschmöglichkeiten und Duschen schien es im Stallgebäude zu geben. Das sah doch schon mal alles ganz brauchbar aus.

Gerade, als sie sich auf den Weg zum Haupthaus machen wollte, um nach dem Bauern zu fragen, knatterte ihr ein alter Trecker entgegen.

»Moin!«, rief der gut gelaunte Fahrer, der darauf saß. Ein rotgesichtiger, etwas fülliger Mann um die sechzig, mit sonnenverbrannter Halbglatze. »Suchst du einen Platz?« Er stellte den Motor aus und kletterte interessiert von seinem Trecker.

»Grüning!«, stellte Doreen sich vor und reichte ihm die Hand.

»Clausen«, antwortete der Bauer und schüttelte sie kurz. Seine hornschwielige Pranke fühlte sich so rau wie ein Reibeisen an.

»Ich bin vom Camping-Klub Naturfreunde«, improvisierte Doreen, »und wollte mich erkundigen, ob Ihre Wiese noch ein paar mehr Wohnwagen verkraftet?«

Er kratzte sich am Kopf. »Jo! Wie viele Wagen wären das denn?«

»Höchstens 27!«

»Oh!«, rief er erstaunt. »Na, dann müsste ich die Wiese nebenan auch noch aufmachen. Ist aber kein Problem! Das mache ich sowieso manchmal, wenn es hier zu eng wird …« Er zeigte auf ein Feld hinter dem Stallgebäude.

»Prima! Das klingt gut«, sagte Doreen und bemühte

sich, positiv-euphorisch-frisch auszusehen. »Wir suchen für ein bis zwei Jahre Dauerstellplätze hier auf der wunderschönen Insel und würden Ihnen die doppelte Platzmiete zahlen. Und für die Stromkosten würden wir Ihnen eine Pauschale anbieten.«

»Hmm …« Der alte Friese zuckte mit den Achseln. »Warum gehen Sie denn nicht auf einen der offiziellen Campingplätze in Westerland oder Wenningstedt?«

»Weil die schon für Jahre ausgebucht sind«, behauptete Doreen resolut. »Und außerdem, wie schon unser Vereinsname sagt, lieben wir das Campen in freier Natur!« Sie lächelte so charmant, wie sie konnte.

»Ja, nu … Wenn Ihnen das so bannig wichtig ist … Von mir aus …« Der Bauer machte Anstalten, wieder auf seinen Trecker zu klettern.

»Großartig!«, schmetterte Doreen ihm hinterher. »Ich komme wieder auf Sie zu!«

»In Ordnung«, brummte Clausen und ließ unter schwarzen Rußwolken seinen Trecker wieder an.

Äußerst zufrieden mit ihrem Coup radelte Doreen weiter Richtung Westerland. Jetzt würde sie die Dauerstellplatz-Inhaber unkompliziert umsiedeln können. Einfach würde das trotzdem nicht werden, befürchtete sie – aber es schien zumindest nicht mehr vollkommen aussichtslos.

Die Skyline von Westerland befremdete sie zunächst sehr. Die Hochhäuser, die die Küstenlinie verunzierten, schienen allesamt aus den Siebzigerjahren zu stammen und sämtliche

Bausünden in sich zu vereinen, die die Architekten zu dieser Zeit verbrochen hatten.

Schön war anders.

Sie beeilte sich, die Hauptstadt von Sylt wieder zu verlassen, und fuhr weiter gen Norden Richtung Wenningstedt und schließlich auf der alten, stillgelegten Eisenbahntrasse, die zu einem der schönsten Radwege Deutschlands umfunktioniert worden war, nach Kampen. Auf der Kurhausstraße machte sie halt und genoss fasziniert den Anblick, der sich ihr hier bot: die weite Heidelandschaft, im Hintergrund die Dünenkette, die nach List führte, und rechts und links das Meer. Dazu, auf der rechten Seite, wie ein Hobbitdorf, das Millionärsgetto Kampen ...

Doreen kaufte sich am Kiosk der Sturmhaube ein Mineralwasser und trank es auf einer Aussichtsbank, die eine Messingplatte mit dem Namen des Spenders trug, mit Blick auf die grüne Brandung.

Anschließend schwang sie sich wieder aufs Rad und radelte in lockerem Tempo durch die Dünenlandschaft hoch nach List, machte auf dem Deich, an dem links und rechts Schafe grasten, einen Bogen am Ellenbogen entlang und trat dann den Heimweg nach Hörnum an. Die A&P-CEOs hatten nicht gelogen: Sylt war wirklich eine wunderschöne Insel. Doreen konnte nicht bestreiten, dass sie von diesem Fleckchen Erde mittlerweile total fasziniert war.

»Hey, Dori«, winkte Stine ihr gut gelaunt zu, als sie am späten Nachmittag am Noerske vorbeiradelte. Die füllige Rezeptionistin saß mit ein paar Leuten an einem Tisch auf der

Außenterrasse. »Setz dich doch zu uns!«, rief sie. »Wir machen gerade spätes Mittag!« Sie lachte.

»Vielen Dank, aber ich habe schon gegessen«, antwortete Doreen im Vorbeifahren. Warum war diese Frau bloß so erpicht darauf, mit ihr in Kontakt zu treten? Besonders einsam schien sie doch gar nicht zu sein?

Aus dem Biosupermarkt in Tinnum hatte Doreen sich eine Salatmischung und ein Forellenfilet mitgebracht. Das wollte sie schnell vor achtzehn Uhr noch verzehren – und dann mit ihrer Abendgymnastik beginnen. Aufgrund ihrer über siebenstündigen Fahrradtour hatte sie bereits genug Kalorien verbrannt, wie ein Blick auf ihre Apple Watch bewies, um ohne schlechtes Gewissen etwas schwerer zu Abend essen zu können.

Sie hatte sich nach dem Essen und einer anschließenden dreißigminütigen Verdauungswartezeit gerade mit ihrem Theraband für die Abendgymnastik vor dem Bus aufgebaut, als die alte Dame aus dem Wohnwagen nebenan um die Ecke blickte.

»Entschuldigen Sie?«, fragte sie und kam etwas näher.

»Ja?« Überrascht ließ Doreen das blaue Gummiband sinken.

»Könnten Sie die Schiebetür Ihres Busses zukünftig vielleicht etwas leiser schließen? Ich kriege jedes Mal einen Mordsschreck!«

»Ja, klar!«, sagte Doreen beschämt. »Tut mir sehr leid!«

Die alte Dame nickte nur wortlos und verschwand wieder.

»Haha, die T 4-Schiebetüren mit ihrem RRRRR-RUMMMMMS beim Schließen sind der Schrecken jedes Campingplatzes!«, lachte eine Stimme zu ihrer Rechten. Ihr Nachbar schaute mit seinem Kopf über den Stoffzaun. »Bei meinem Sohn haben sich auch dauernd alle beschwert!«

»Ah«, sagte Doreen, »danke für die Info!« Extraleise schloss sie die von allen so verhasste Schiebetür und machte sich mit dem Theraband auf den Weg zum Strand. Am Bus war ihr gerade entschieden zu viel nachbarliche Nähe.

Nach ihrem Abendtraining war Doreen ungewohnt erschöpft, vermutlich auch von der langen Tour mit dem Fahrrad und dem Inselklima, und fiel sehr früh ins Bett.

Und wieder schlief sie hervorragend.

10

»HUUU-HUUUUUHHH!!«

Doreen glaubte, ihren Augen nicht zu trauen. Meinte diese Person mit Tropenhelm und Angel in der Hand, die ihr ekstatisch zuwinkte, tatsächlich sie? Die Frau, die in einer olivgrünen Armeehose und einer beigen Tarnjacke steckte, eilte vor dem Bahnhofsgebäude im Stechschritt auf sie zu, einen Gepäckwagen mit drei großen Koffern vor sich herschiebend.

War das etwa Frau Zemke?

»Huhuuu, Frau Grüning!«, rief die Person noch mal.

Doreen konnte es nicht glauben – das war tatsächlich Frau Zemke – in einem Outfitmix aus *Jenseits von Afrika*, *Dschungelcamp* und *Ninja Warrior*! Um ihren Tropenhelm war eine Stirnlampe gespannt.

»Hallo, Frau Zemke«, begrüßte Doreen ihre Sekretärin stark befremdet. »Na, Sie sehen ja abenteuerlich aus!«

»Toll, oder?«, strahlte die. »Und es ist alles so praktisch! Hier, sehen Sie mal!« Sie öffnete diverse Reißverschlüsse an Hose und Jacke. »Überall Taschen!«

»Faszinierend!«, befand Doreen.

Frau Zemke fiel die Ironie in ihrer Stimme nicht auf.

Zusammen gingen sie zum Parkplatz, wo Doreen versuchte, die großen Koffer in den kleinen Elektro-Smart EQ zu bugsieren, den sie sich heute Morgen bei Stine geliehen hatte. Sie wollte sich von ihr eigentlich ein Taxi rufen lassen, aber Stine hatte ihr das campingplatzeigene E-Mobil aufgedrängt. Mit dem Bulli konnte sie ja nicht fahren, weil sie ihn ohne Oves Trecker nicht über den Sandweg bekommen hätte.

Nachdem die Gepäckstücke endlich im Kofferraum und im Beifahrerfußraum verstaut waren, starteten sie Richtung Hörnum. Angel und Sonnenschirm hingen dabei aus dem Schiebedach.

»Warum haben Sie denn eine Angel dabei, Frau Zemke?«, fragte Doreen irritiert.

»Was meinen Sie, wie lecker frisch gefangener Fisch schmeckt, liebe Frau Grüning, wenn man ihn grillt«, strahlte die.

»Aha! Und wo wollen Sie den Fisch fangen?«

»Ich habe ein Schlauchboot dabei. Damit ist mein Mann immer gerne rausgefahren ...«

Doreen schaute sie nur kurz verblüfft an.

»Ich freue mich ja so, Frau Grüning!«, rief Frau Zemke plötzlich euphorisch begeistert. »Ich habe früher mit meinem Mann so oft gecampt. Leider ist er ja vor zehn Jahren verstorben.«

»Ja, das tut mir sehr leid«, sagte Doreen gedämpft.

»Ach, mittlerweile bin ich drüber weg«, winkte Frau Zemke ab.

»Haben Sie Kinder?«, erkundigte sich Doreen. Komisch, dachte sie im Stillen. Nun kenne ich die Frau schon über fünfzehn Jahre – und habe eigentlich noch nie privat mit ihr geredet.

»Leider nicht …« Frau Zemke schaute traurig aus dem Fenster, schien sich dann aber zusammenzureißen und wandte sich Doreen wieder strahlend zu.

»Ach, ich finde es eine so tolle Idee, dass die Aquarius-Gruppe den Campingplatz in Richtung Nachhaltigkeit und Klimaschutz modernisieren möchte!«

»Ja, ich auch«, behauptete Doreen. Die gutmütige Sekretärin kannte ja leider nicht die ganze Wahrheit. »Aber denken Sie bitte daran«, mahnte sie deshalb. »Absolute Verschwiegenheit!«

»Ja«, zwinkerte ihr Frau Zemke verschwörerisch zu. »Wir sind auf geheimer Mission! Das ist ja so aufregend, liebe Frau Grüning!«

Kurze Zeit später kamen sie auf dem Campingplatz an, und Frau Zemke geriet vollkommen außer sich: »Ach, ist das schön hier! Ach, ist das toll! Und noch so natürlich und unverbaut! Ich bin begeistert!« Glückselig schaute sie sich um und atmete betont tief die »herrliche Luft« ein.

Doreen half ihr, ihre Koffer auf einen Platz mitten in den Dünen zu zerren, der ca. fünfzig Meter von ihrer Parzelle entfernt lag.

Mit geübten Handbewegungen baute Frau Zemke ihr Wurfzelt auf, sodass Doreen sie beruhigt erst mal allein lassen konnte. Sie verabredeten, sich mittags auf der Terrasse des Noerske zu einem ersten Business-Lunch-Arbeitsmeeting zu treffen, nachdem Frau Zemke sich in Ruhe eingerichtet hatte.

»Meine Güte, klingt das alles lecker hier«, befand Frau Zemke freudig, nachdem sie mit Lesebrille die Speisekarte studiert hatte. »Ich nehme den großen Salat.« *Knackige Salatblätter und buntes saisonales Gemüse erfrischen sich mit gepickelten Möhrchen an einem Maracuja-Senf-Dressing. Obendrauf Popcorn, gepuffte Quinoa, ein saftiger Klecks Pfirsichchutney und gebackene gelbe Linsenbällchen*, stand auf der Karte, »und Sie?«

Doreen entschied sich für die *Thuna Bowl*, nachdem sie schnell die Kalorien hochgerechnet hatte: *Frisch gebratenes Thunfischfilet in Soja-Teriyakimarinade, gefolgt von naturbelassenem Wakamesalat, Ingwer, Rote-Bete-Creme, Chinakohl, Avocado, Mango, Koriander-Wasabimousse und geröstetem Sesam.* Die Avocado würde sie aussortieren – zu fetthaltig!

Nachdem sie bei einem jungen Surfertyp mit Dutt und schwarz lackierten Fingernägeln ihre Bestellung aufgegeben hatten, schlug Doreen vor, die 27 Dauerplatzpächter untereinander aufzuteilen. Frau Zemke sollte die linke und Doreen die rechte Seite der Sandstraße abarbeiten. Dabei sollte auch Frau Zemke unauffällig nach Salz, einer Wäscheleine, Zahnpasta oder was auch immer fragen.

»Und was genau soll ich denen sagen? Welche Informationen soll ich einziehen?«, erkundigte sich ihre Sekretärin eifrig, die ihren Tropenhelm zum Glück im Zelt gelassen hatte, und notierte sich Stichworte auf einem Block.

»Schwärmen Sie einfach nur von diesem grandiosen neuen Natur-Platz in Tinnum, wo im ersten Jahr alles kostenlos ist. Und checken Sie ein bisschen die jeweilige Lebenssituation.«

»Ist gut«, nickte Frau Zemke.

»Sobald wir mit allen gesprochen haben, werde ich zu einer Informationsveranstaltung einladen.«

»Aha.« Frau Zemke machte sich eine weitere Notiz.

Das Essen kam. Es war, wie Doreen befürchtet hatte, sensationell lecker. Um diese Kalorienfalle würde sie wohl zukünftig einen großen Bogen machen. Sie wollte wirklich nicht in Versuchung geraten, von ihrem strikten Ernährungskonzept abzuweichen.

»Aber warum sollen die denn eigentlich umgesiedelt werden?«, fragte Frau Zemke, während sie drei Salatblätter aufspießte.

»Damit wir den Platz renaturieren können.«

»Ach so, ja.« Frau Zemke kaute und überlegte. »Und warum sagt man ihnen das dann nicht einfach so?«

»Wir wollen völlig neue Öko-Pachtverträge anbieten. Dafür müssen die alten natürlich erst mal aufgekündigt werden«, improvisierte Doreen und hoffte, dass das irgendwie überzeugend klang.

Frau Zemke nickte verständnislos.

Auf dem Rückweg zu ihren Parzellen lief ihnen Ove über den Weg. »Moin! Haben Sie eine Freundin mitgebracht?«, brummte er.

»Ja, genau«, lachte Doreen.

»Na, denn ...« Er legte zum Gruß den Zeigefinger an seine Mütze.

»Wer war das denn?«, fragte Frau Zemke entsetzt. »So einen ungepflegten Bart habe ich ja lange nicht gesehen! Und haben Sie gesehen, wie dreckig sein Overall war?« Frau Zemke hielt sich demonstrativ die Nase zu.

»Das ist Ove, der Platzwart hier. Er schleppt mit seinem Trecker die Wagen zu ihren Parzellen.«

»Aha, und dann kann man sich nicht mal waschen?«, fragte Frau Zemke scharf.

»Ist eine längere Geschichte«, winkte Doreen ab. »Ich erzähle es Ihnen später. Erst mal müssen wir jetzt ran an die Arbeit!«

Frau Zemke nickte beflissen. »In Ordnung! Ich bringe nur kurz meinen Notizblock zurück ins Zelt«, sagte sie und eilte den Dünenweg zu ihrer Parzelle hoch.

Doreen, die den Ehrgeiz hatte, den Auftrag in Rekordzeit abzuwickeln, um möglichst schnell wieder in ihren Hamburger Alltag einsteigen zu können, nahm sich sofort den ersten Wohnwagen in der Reihe vor. Es war einer der verwittertsten und schmutzigsten des Sandweges. Die ehemals weiße Farbe der Außenwände war vor schwarzem Staub, Sand und Moosbewuchs kaum zu erkennen. Die Hälfte des Wagens war mit verschiedenen Formen und Figuren bunt bemalt, doch die Farbe platzte bereits wieder ab.

Doreen öffnete die Pforte zur Parzelle, woraufhin ein Mobile aus Muscheln leise klirrte. Überall standen Steinmännchen in den verschiedensten Größen herum. Skulpturen aus angeschwemmtem Holz und Kunstwerke aus Strandgut ergänzten das Bild. Wer hier wohl wohnte?

Die Fenster waren gekippt, und die Tür stand weit offen.

Aus dem Inneren drang Musik – also war vermutlich jemand zu Hause.

»Hallooo?«, rief Doreen durch den ausgeblichenen Fliegenvorhang, schob die staubigen, rot-blau-gelb-grünen Stoffstränge zur Seite und spähte in den Innenraum. Überall hingen Gemälde von Strand, Wellen und Dünenlandschaften. An den Wänden war praktisch kein Zentimeter mehr frei.

»Hallo?«, rief Doreen noch mal und trat ein.

»Ja?«

Ein kleiner, weißhaariger Mann mit winziger Rundbrille trat aus dem hinteren Bereich hervor und wischte sich im Näherkommen die farbverschmierten Hände an einem bunt befleckten Handtuch ab.

»Entschuldijung! Ick war so in meen Bild fatieft, ick hab dich jar nich jehört«, berlinerte der Mann. Er sah aus wie ein Hobbit und lächelte sie freundlich an.

Es irritierte Doreen immer noch, einfach so von allen geduzt zu werden. »Guten Tag«, sagte sie.

Er schob seine Brille zurecht und sah sie mit durch die dicken Gläser stark vergrößerten Augen neugierig an. »Was möchtste denn?«

»Ich war so fasziniert von Ihren Kunstwerken hier draußen«, improvisierte sie, »da bin ich einfach neugierig geworden, wer hier wohnt.«

»Jut!«, lachte er. »Ick bin der Jupp! Willst 'n Kaffee?«

Aus einer ewig nicht mehr gereinigten Kaffeemaschine – so sah sie für Doreen jedenfalls aus – füllte er zwei Becher ab, die sie sich lieber nicht genauer besah.

»Willste mal kieken?«

»Gerne.«

»Dann komm mal mit nach hinten.«

Er watschelte voraus in den hinteren Teil des Wohnwagens, den er zum Atelier umgebaut hatte. Doreen trug ihren Kaffeebecher hinter ihm her. Auf einer mit Farbspritzern übersäten Staffelei stand ein wunderschönes Ölgemälde von sich überschlagenden grünen Wellen. Es roch nach Farben und Terpentin.

»Janz schön schwer, wat Durchsichtijes zu malen«, sagte Jupp und schaute sinnierend auf sein Werk. »Die Wellen, meen ick!«

»Beeindruckend«, befand Doreen. Sie hatte von Kunst nicht besonders viel Ahnung und deshalb gelernt, dass man sich auf Vernissagen am besten mit »beeindruckend« und »interessant« durchschlug, um nicht als Banause enttarnt zu werden. »Ist es zu verkaufen?«, fragte sie.

»Dit weeß ick noch nich, Mädel«, sagte er. »Is ja noch nich fertig.« Er nahm seine Brille ab und putzte sie. Sie sah danach so schmutzig aus wie vorher. Doreen blickte auf seine Hände. Alte Hände. Sie riss sich zusammen.

»Faszinierend: so viele Bilder!«, befand sie. »Haben Sie die alle hier gemalt? Wie lange leben Sie denn schon hier auf diesem Campingplatz?«

»Hm«, überlegte er. »Jute Frage. Über dreißig Jahre, gloob ick.«

»Wow!«, rief Doreen künstlich erstaunt. »Und sind Sie das ganze Jahr über hier? Ich meine, wohnen Sie hier richtig fest?«

»Nee, nee, im Winter fahr ick immer zurück in meine kleene Wohnung in Charlottenburch und mache Ausstellungen und jebe Kurse.«

»Aha. Haben Sie gar keine Familie?« Sie hoffte, dass es nicht zu neugierig klang.

»Doch, meene Liebste lebt in Berlin. Die will nich hierher. Wir führen sozusagen 'ne Kapitänsehe! Modern, wa?« Er lachte und zeigte ein gelbstichiges, ziemlich sanierungsbedürftiges Gebiss.

Keine Kinder, notierte Doreen im Geiste. Das war schon mal gut. »Was stört Ihre Frau denn so an Sylt?«, erkundigte sie sich.

»Klingt bekloppt – aber der ganze Sand! Sie kann es einfach nich leiden, wenn ständig allet knirscht und Sand in jeder Ritze steckt.« Er zwinkerte. »Verstehste?«

Doreen nickte peinlich berührt. Sand – das war das Stichwort!

»Haben Sie schon von dem neuen Naturcampingplatz in Tinnum gehört?«, schmetterte sie ihm euphorisch entgegen. »Da steht man auf einer Wiese, also einer Rasenfläche – und nicht auf Sand! Ganz privat bei einem Biobauern. Das wäre vielleicht eine Alternative für Ihre Frau.« Doreen kam sich ziemlich ausgebufft vor und hoffte, er würde darauf anspringen.

»Nee, bloß nich«, winkte er zu ihrer Enttäuschung ab. »Mich kriegt man hier nich weg! Ick find dit richtich knorke hier. Und unter uns: Ick bin ooch janz froh, wenn ick immer mal wieder 'ne Pause von der Alten habe.« Er kicherte, nahm die Brille ab und fuhr sich mit der farbbefleckten Hand durchs weiße Haar. »Denn wenn wir uns dann wiedersehen, heißt es erst mal: Ran an die Buletten!«, grinste er scheel.

Doreen wurden seine Anzüglichkeiten unangenehm. Außerdem schien er in Bezug auf eine mögliche Kündigung eine harte Nuss zu werden. Sie verabschiedete sich schnell.

»Bis bald«, rief er ihr hinterher. »Jetze kennen wa uns ja!«

Auf dem Rückweg zu ihrem Bulli kam Doreen an einem jungen Typ vorbei, der gerade seinen nassen Neoprenanzug zum Trocknen auf einen Bügel in die Sonne hängte.

»Hast du vielleicht ein bisschen Salz?«, nutzte Doreen die Gelegenheit.

»Klar«, sagte der. »Wie viel brauchste?«

»Etwa einen Esslöffel voll. Fürs Nudelwasser!«

Er verschwand im Wohnwagen und kam mit einer angebrochenen Salzpackung wieder heraus. »Hier. Nimm mal mit. Kannste mir ja nachher wiederbringen.« Er reichte ihr die Packung.

Doreen bedankte sich.

»Falls ich nicht da bin, stellstes einfach in die Tür«, sagte er.

»Okay!« Doreen nickte und musterte seinen Wohnwagen. »Ist das dein Wagen?«

»Nee«, er lachte. »So ein antiquiertes Modell würde ich mir sicher nicht kaufen. Ist alles mit schlimmen 70er-Materialien verarbeitet. Damals hatten sie ja noch keine Hemmungen mit hochgiftigen Stoffen wie Xylamon, Asbest und so.«

»Stimmt«, behauptete Doreen, obwohl sie sich mit

Schadstoffbelastungen in älteren Wohnwagen überhaupt nicht auskannte.

»Der gehört meinem Onkel. Er hat mir den Platz und den Wagen überlassen, weil ich so gerne auf Sylt surfe.«

»Hast du schon von dem neuen Naturcampingplatz in Tinnum gehört?«, begann Doreen ihren Vortrag.

»Cool«, fand der Surfer, als Doreen ihm alle Infos übermittelt hatte. »Klingt interessant. Ist mir sowieso viel zu altmodisch hier. Ich hab nur Angst, dass der Wohnwagen auseinanderbricht, wenn man ihn woandershin zieht. Der ist, glaube ich, seit dreißig Jahren nicht mehr bewegt worden.« Er klopfte mit der flachen Hand auf die Seitenwand, als sei er ein alter, treu dienender Gaul mit durchhängendem Rücken.

»Ich bringe dir die Tage mal einen Flyer vorbei. Kannst ja mal draufschauen«, schlug Doreen vor.

»Ja, gerne«, sagte er. Sein Handy klingelte, er winkte Doreen kurz zu und verschwand im Wohnwagen.

Doreen beschloss, für heute Schluss zu machen. Sie durfte ja nicht auffallen. Keinen Verdacht erregen. Zufrieden mit diesem ersten Check der Lage, machte sie sich auf den Weg zu Frau Zemke, um zu erfahren, was die erreicht hatte.

Doreen war äußerst erstaunt, wie bequem ihre Sekretärin es sich auf ihrer Parzelle eingerichtet hatte: Neben dem Zelt standen eine vollständige Tischgarnitur und eine Outdoorküche mit einem 2-Flammen-Gasherd. Außerdem eine Hängematte und ein Sonnenschirm. Es sah sowohl gemütlich als auch professionell aus.

»Meine Güte«, staunte Doreen laut. »Und das hatten Sie alles in Ihren Koffern?«

»Oh, hallo! Ich habe Sie gar nicht kommen hören«, rief Frau Zemke erstaunt, als sie aus ihrem Zelt kletterte. »Ich hab mich nur kurz umgezogen. Setzen Sie sich doch!«

Doreen ließ sich in einen Klappstuhl fallen, und Frau Zemke servierte ihr ungefragt ein Glas Mineralwasser.

»Nein, das hatte ich natürlich nicht alles im Koffer«, erklärte sie dann. »Ich habe es mir per Kurier nachschicken lassen. Ist vorhin erst angekommen.«

»Ach so«, nickte Doreen.

»Ist es nicht herrlich, den ganzen Tag draußen in der Natur zu sein?«, schwärmte die Sekretärin. »Da weiß man doch wieder, worum es im Leben wirklich geht, nicht wahr?«

Doreen musste verständnislos geguckt haben, denn Frau Zemke führte aus: »Das Meer, die Sonne, der Strand, die Sterne – und vielleicht noch eine schöne Flasche Rotwein. Gibt es etwas Besseres?« Sie strahlte Doreen selig an und setzte sich ebenfalls.

So viel Bodenständigkeit hätte sie ihrer ansonsten stets so korrekten Sekretärin gar nicht zugetraut. Die Frau hatte wirklich zwei Gesichter.

»Was haben Sie denn in Bezug auf die Dauerpächter erreicht, meine Liebe?«, erkundigte sich Doreen.

»In der ersten Parzelle lebt eine Frau mit drei Katzen«, berichtete Frau Zemke beflissen. »Die war ziemlich zurückhaltend, war aber von der zapfbaren Biomilch sehr angetan.« Sie lachte stolz.

»Mhm«, nickte Doreen und machte sich im Geiste eine Notiz.

»Der nächste Wagen war verschlossen, aber im übernächsten wohnt ein Rentnerehepaar, das vierzehn Enkel hat. Denen habe ich vom Spielplatz auf dem Biohof vorgeschwärmt. Vom Ponyreiten, Kühestreicheln und Traktorfahren. Drei Enkel waren gerade da. Die kriegten ganz große Ohren, wurden ganz wild darauf und wollen da unbedingt hin.«

»Prima!«, lobte Doreen. »Ganz großartig, Frau Zemke!«

Frau Zemke schaute geschmeichelt verlegen zur Seite.

»Dann geben Sie jetzt bitte schnellstmöglich bei der Parisienne-Werbeabteilung einen Eilauftrag durch: Sie sollen fünfzig Flyer für den Biobauernhof entwerfen, drucken lassen und per Expresskurier an uns schicken. Die Fotos können sie sich aus dem Netz ziehen.«

Frau Zemke nickte und tippte arbeitseifrig in ihr Laptop. »Ist notiert!«

»Die Flyer sollen darüber informieren, dass der *Campingverein Naturfreunde* den Biobauernhof unterstützt: ein Jahr gratis Platzmiete und Strom für die dreißig ersten Mitglieder! Die Anmeldungen dafür müssen ausschließlich direkt bei Ihnen erfolgen, damit nicht plötzlich Wildfremde die Plätze beanspruchen!«

»Verstehe!«

»Als Letztes setzen Sie sich bitte mit Bauer Clausen in Verbindung und buchen für die Naturfreunde ein Kontingent über dreißig Plätze. Überweisen Sie ihm dafür bitte die doppelte Platzmiete.«

»In Ordnung.«

»Gut«, sagte Doreen zufrieden und erhob sich. Es war kurz vor achtzehn Uhr. Höchste Zeit für ihren abendlichen Salat und ihr Sportprogramm. Sie würde diesen unmöglichen Auftrag schon in den Griff bekommen. Marquardt und Winterbloom würden sich noch wundern.

»Dann wünsche ich Ihnen noch einen angenehmen Abend, Frau Zemke«, verabschiedete sich Doreen bewusst distanziert. Sie wollte keine allzu große Nähe zu ihrer Angestellten aufkommen lassen. So etwas schadete nur dem Respektsverhältnis und ihrer Autorität.

»Danke, Ihnen auch«, wünschte Frau Zemke. Sie klang etwas enttäuscht.

11

»Frau Grüning?«

Gerade als Doreen sich nach ihrem Sportprogramm an den Laptop gesetzt hatte, um die Tagesaktivitäten ihres Stellvertreters zu überprüfen, hörte sie die Stimme von Frau Zemke, die zaghaft an die Heckklappe des Busses klopfte. Sie hatte die Stirnlampe auf dem Kopf. Doreen musste sich sehr beherrschen, nicht laut loszuprusten.

»Wie sehen Sie denn aus? Wollen Sie eine Höhle erforschen?«

»Stirnlampen sind auf Campingplätzen unentbehrlich!«, belehrte Frau Zemke sie leicht pikiert. »Sie ahnen ja gar nicht, wie schnell man in der Dämmerung ohne Licht stolpert!«

»Aha«, sagte Doreen und konnte ein Grinsen nicht unterdrücken.

»Ich störe Sie nur ungern, aber könnten Sie mir vielleicht kurz mit meinem Schlauchboot helfen?«

»Ihrem Schlauchboot?« Doreen schaltete das Laptop auf Ruhemodus und schaute ihre sich immer seltsamer benehmende Sekretärin fragend an.

»Ja, ich hatte Ihnen doch gesagt, dass ich es mitnehme. Ich würde es so gerne heute noch ausprobieren.«

»Muss das unbedingt sein?«, fragte Doreen leicht genervt.

»Nein, natürlich nicht«, stammelte die sichtlich verlegene Frau Zemke. »Es ist nur …«

»Ja?« Ungeduldig klappte Doreen ihr Laptop zu.

»Heute ist der Hochzeitstag von mir und meinem verstorbenen Mann, und da sind wir immer zusammen mit dem Boot rausgefahren und haben angestoßen.«

»Aha.« Doreen merkte, wie sie ungeduldig mit den Fingern auf der Tischplatte trommelte, riss sich zusammen und legte ihre Hände flach auf den Tisch.

»Bei unserer Hochzeit vor über dreißig Jahren sind wir als frisch vermähltes Brautpaar während der Feier mit einem Bötchen auf den See gefahren, um ein paar Minuten alleine zu sein. Und das haben wir dann zur Tradition gemacht«, erklärte sie.

Doreen schaute sie stumm weiter fragend an.

»Seit mein Mann verstorben ist, habe ich das dann immer alleine gemacht. Auf der Alster, an der Ostsee, auf dem Bodensee – wo auch immer ich gerade war.« Frau Zemke sah plötzlich sehr traurig aus. Sie tat Doreen leid.

»In Ordnung«, sagte sie deshalb spontan und erhob sich. »Und heute möchten Sie das Ritual vermutlich nicht auslassen?«

»Nein, nur sehr ungern.« Frau Zemke knotete an ihren Fingern herum.

»Okay, ich helfe Ihnen!«, beschloss Doreen.

»Wirklich??« Frau Zemke strahlte. »Sie sind ein Schatz!!«

Doreen packte das Laptop zurück in den Bus und schloss die Tür ab.

»Ich habe das Boot auch schon dabei«, sagte Frau Zemke eifrig und wies auf eine größere Tasche. »Wenn Sie vielleicht die Paddel und den Blasebalg tragen könnten?«

Gemeinsam gingen sie über die Holztreppe zum Strand, wo Frau Zemke das Boot ausrollte und mit geübten Bewegungen begann, es aufzupumpen. Fünf Minuten später war das Boot prall und Frau Zemke schweißüberströmt.

Sie packte eine kleine Tasche und die Paddel ins Boot und zog es ins Wasser. Dann stieg sie selbst ein, doch das Boot hing auf dem Meeressand fest. »Könnten Sie mich vielleicht anschieben?«, bat sie Doreen.

»Ich komme lieber mit!«, beschloss die, krempelte ihre Jeans hoch, schob das Boot frei und sprang hinein.

»Ach, das ist ja schön«, freute sich Frau Zemke.

Es war kurz nach 21 Uhr, die Sonne stand noch warm am Himmel. Sonnenuntergang sollte erst gegen 22:30 Uhr sein. Es war ein traumhafter, lauer Sommerabend mit nur leichtem Wind. Das Meer war glatt und klar. Es war herrlich, von den leichten Wellen auf und ab getragen zu werden, und Doreen genoss die himmlische Ruhe.

Während sie gemächlich ein Stück hinauspaddelten, sahen sie um sich herum schillernde große und kleine Fischschwärme und bunte Quallen schwimmen.

»Das sind Makrelen«, rief Frau Zemke begeistert. »Ich

muss demnächst unbedingt mal mit der Angel raus.« Sie holte eine Flasche Sekt aus ihrer Tasche – und zwei Gläser.

Sie stießen an, Doreen nippte eine homöopathische Menge aus ihrem Glas, und Frau Zemke schloss die Augen, um im Stillen mit ihrem verstorbenen Mann zu kommunizieren. Was sie ihm wohl sagte, überlegte Doreen und nutzte die Gelegenheit, den Rest ihres Glases heimlich ins Meer zu kippen. Leider füllte Frau Zemke das Glas sofort wieder auf, nachdem sie die Augen geöffnet hatte.

»Waren Sie sehr glücklich mit Ihrem Mann?«, erkundigte sich Doreen, deren Kindheitserfahrungen in puncto Eheglück ja nicht so positiv gewesen waren.

»Ja, sehr!«, sagte Frau Zemke mit verklärtem Blick. »Hartmut war mein bester Freund, mein Seelenpartner und mein Geliebter. Ich habe nach ihm nie wieder einen anderen Mann angesehen.«

»Wollen Sie denn wirklich für immer alleine bleiben?«

»Ich glaube nicht, dass ich noch mal jemanden finde wie Harti«, sagte sie traurig. »Die große Liebe gibt es für jeden Menschen vermutlich nur einmal.«

»Wenn überhaupt«, sagte Doreen bitter. Sie drehte sich zum Ufer um und bemerkte plötzlich, dass sie sich schon ganz schön weit davon entfernt hatten.

»Wir sollten zurückfahren«, sagte sie zu Frau Zemke und griff nach dem Paddel.

Synchron ruderten sie Richtung Ufer, aber so schnell sie auch paddelten, sie schienen immer weiter abzutreiben. Sie näherten sich bereits der Südspitze der Insel und trieben Richtung offenes Meer. Der Wellengang an der Hörnumer

Odde, so hieß das südliche Inselende, an dem die Nordsee der Watt- und der Westseite aufeinanderprallten, war sehr viel stärker, und die Strömung schien heftig.

Alarmiert griff Doreen zu ihrem Handy, um den DLRG anzurufen, musste aber feststellen, dass sie kein Netz hatte. Auch Frau Zemkes iPhone hatte keine Verbindung.

»Und was nun?«, fragte sie ihre Sekretärin mit aufsteigender Panik.

Eine Nacht in dem kleinen Schlauchboot auf offener See wäre ein absoluter Albtraum. Das hatte man davon, wenn man Mitleid hatte, schalt sich Doreen. Nettheit ist Doofheit, hieß es doch.

»Weiterrudern – am besten parallel zum Ufer!«, befahl Frau Zemke mit deutlicher Angstvibration in der Stimme und erhöhte die Schlagzahl. »Vermutlich sind wir in eine Strömung geraten. Da müssen wir irgendwie wieder raus!«

Sie versuchten, parallel zu den letzten Kilometern Küstenlinie zu rudern, bis ihre Arme so wehtaten, dass sie pausieren mussten. Das rettende Ufer schien sich immer weiter zu entfernen. Doreen hoffte, dass das nur eine optische Täuschung war, weil mittlerweile die Dämmerung eingesetzt hatte.

Die Sonne ging glühend rot unter, was eigentlich spektakulär romantisch war, wären die beiden Frauen in dem Boot nicht so verzweifelt gewesen.

»Es tut mir so leid, Frau Grüning!«, jammerte Frau Zemke. »Ich wollte uns wirklich nicht in so eine Situation bringen. Was machen wir bloß?«

Es wurde immer dunkler, über ihnen leuchtete der Sternenhimmel, und die Sylter Küstenlinie war nicht mehr zu erkennen. Sie kauerten sich in die weiche, luftbefüllte Reeling des Bootes und ergaben sich der Situation. Durch Rudern war hier eindeutig nichts mehr zu machen. Doreen erwog gerade, entgegen all ihren Maximen und Vorsätzen ein Verzweiflungsglas Sekt zu trinken, um ihre Nerven zu beruhigen, als Frau Zemke aufschrie: »Da kommt Wasser rein!« Tatsächlich schwappte über eine Seite des Boots, die etwas schlapper schien, Wasser über die Reeling.

»Das Boot verliert Luft!«, rief Frau Zemke mit erstickter Stimme. »Ich kann nicht schwimmen!«

»Sie können nicht schwimmen??« Das hatte Doreen fast gekreischt. Das wurde ja immer schöner. »Haben Sie denn wenigstens eine Schwimmweste mitgenommen?«

»Nein, die habe ich im Zelt vergessen«, gab Frau Zemke kleinlaut zu.

»Na, prima!«, schnaubte Doreen. »Dann benutzen Sie jetzt bitte die Sektgläser als Eimer und schöpfen das Wasser, so schnell Sie können, wieder raus. Ich schaue mal, ob ich irgendwo Luft nachfüllen kann!«

»Sie müssen …«, setzte Frau Zemke an, als von ferne plötzlich ein deutliches Motorengeräusch zu vernehmen war.

Die beiden Frauen hielten die Luft an und spähten in die Nacht. Tatsächlich war in der Richtung, aus der das Geräusch kam, ein flackerndes Licht zu erkennen. Doreen schaltete die Taschenlampe ihres Handys ein und hielt sie hoch. Frau Zemke machte es ihr sofort nach.

Sie schwenkten ihre Handys und wechselten zwischen

Blink- und Dauerlichtmodus. Die Aktion schien Wirkung zu zeigen. Das Boot kam näher und ließ seine Scheinwerfer dreimal aufblinken. Sie waren gerettet!

»Danke!!«, rief Frau Zemke mit gefalteten Händen Richtung Sternenhimmel und fiel Doreen schluchzend in die Arme. »Es tut mir so leid!!« Sie zitterte am ganzen Körper.

»Schon gut«, sagte Doreen und streichelte ihr reflexartig über den Rücken. Warmes Mitgefühl durchströmte sie. Die alte Sekretärin tat ihr leid. Wie unprofessionell, schalt sie sich.

Das Boot, ein alter Holzkahn mit Außenbordmotor, tuckerte langsam heran und stellte sich seitlich zum Schlauchboot. Doreen erkannte Ove, komplett in einen gelben, ölverschmierten Friesennerz gehüllt. Er warf ihnen ein Seil zu.

»Na, Mädels? Was macht ihr denn um diese Uhrzeit noch hier draußen?«, lachte er mit brummigem Bass. »Habt ihr am Strandabschnitt die rote Fahne nicht gesehen? Da sind die Trecker besonders stark, deshalb ist Schwimmen dort verboten!«

»Was für Trecker?«, fragte Frau Zemke verständnislos.

»So nennt man die gefährlichen Unterströmungen, die die Nordsee an manchen Sylter Küstenabschnitten hat. Die ziehen jeden raus aufs Meer! Und dazu haben wir auch noch ablandigen Wind! Ihr habt echt Glück gehabt, dass ihr nicht noch weiter aufs offene Meer getrieben seid.«

Er vertäute das Schlauchboot mit dem Kahn, reichte Frau Zemke seine Hand, um ihr auf die andere Seite zu helfen. Erst als sie sicher auf der Sitzbank Platz genommen hatte, half er auch Doreen ins Boot. Dann warf er den Motor wieder an und hielt mit rasantem Tempo auf die Küste zu.

Frau Zemke griff nach Doreens Hand und ließ sie nicht mehr los. Doreen wollte erst protestieren, war dann aber gerührt über diese Geste. So viele körperliche Berührungen hatte sie lange nicht mehr zugelassen. Und der Blick auf die zarte, verletzlich aussehende Hand ihrer Sekretärin, deren Ringfinger der doppelte Ehering zierte, ließ die gewohnte Rührungswelle in ihr aufschießen. Witwen ließen sich oft den Ring ihres verstorbenen Gatten verkleinern, um diesen dann zusätzlich zu dem eigenen Ring zu tragen.

»Was haben Sie denn hier draußen gemacht, Herr …?«, fragte Frau Zemke zaghaft.

»Matthiessen«, stellte Ove sich vor. »Ove Matthiessen!« Er grinste und legte zum Gruß seine Hand an die Mütze. »Habe die Ehre! Ich war Makrelen fangen«, erklärte er dann und zeigte auf zwei volle Bottiche im Heck des Bootes. »Bei Sonnenuntergang beißen sie besonders gut!«

»Sie angeln?«, fragte Frau Zemke so überrascht wie erfreut.

»Und wie«, brummte Ove. Er schaute Frau Zemke ein paar Sekunden lang schweigend an. »Wenn ihr Makrelen fangen wollt, Mädels, kann ich euch gerne mal mitnehmen«, brummte er schließlich.

»Ach, das wäre aber schön!«, rief Frau Zemke entzückt und ließ Doreens Hand los. Durch die Aussicht, ihre Angelrute zum Einsatz zu bringen, schien ihr Kreislauf stabilisiert und das eben erlebte Trauma bereits vergessen zu sein.

Ove brachte sie sicher und trocken an Land und bot an, das Schlauchboot zu reparieren und morgen im Laufe des Tages bei Frau Zemke vorbeizubringen. Die nahm das Angebot gerne an.

»Was machen Sie denn eigentlich mit den ganzen Makrelen?«, erkundigte sie sich, als sie vom Boot stiegen.

»Die sind für die Jungs vom Noerske«, verriet Ove. »Gegrillte, frisch gefangene Makrelen gehen dort weg wie warme Semmeln. Sind immer nach spätestens einer Stunde ausverkauft. Müsst ihr unbedingt mal probieren! Ein echter Gaumenschmaus. Formidable!!« Er legte Daumen und Zeigefinger an den Mund, wie ein französischer Maître de Cuisine.

»Also ich brauche jetzt 'n heißen Grog, Mädels!«, verkündete er, während er die Boxen mit den Makrelen auf seinen Trecker lud, den er am Strand geparkt hatte. »Kommt ihr mit?«

»Danke, nein!«, lehnte Doreen entsetzt ab.

»Sehr gerne«, strahlte dagegen Frau Zemke. »Fantastische Idee! Aber ich lade Sie ein!«

»Da sage ich nicht Nein«, brummte Ove und half ihr, auf den Trecker zu klettern.

Frierend und erschöpft tapste Doreen durch die Dunkelheit zurück zu ihrem Bus, während der Trecker mit Ove und Frau Zemke in den Dünen verschwand. Sie nahm noch eine heiße Dusche im Sanitärraum, die nach der Aufregung und Kälte so herrlich entspannend war, dass sie kurzzeitig ihre Abneigung gegen öffentliche Nasszellen vergaß und anschließend äußerst dankbar für ihre Rettung und zutiefst erschöpft in ihr Bett fiel.

12

»Frau Grüning? Jost Winter hier!« Die Stimme, die Doreen aus dem Handylautsprecher entgegenschallte, klang gut gelaunt und munter. »Ich bin der Landschaftsarchitekt, der von A&P beauftragt wurde.«

»Ach ja! Hallo, Herr Winter, das ist ja schön«, begrüßte Doreen ihn erfreut. Je schneller es auf dem Campingplatz voranging, umso besser.

»Herr Brendel, der Baugrund-Sachverständige, und ich sind gerade mit dem Shuttle in Westerland angekommen. Wir könnten in etwa dreißig Minuten bei Ihnen sein, um die Bodenbeschaffenheit zu prüfen. Ist Ihnen das recht?«

»Kein Problem«, sagte Doreen.

Sie hatte mit Frau Kleiber besprochen, dass Herr Winter und sein Kollege sich als Geologen tarnen sollten, die die Sylter Sedimentschichten an verschiedenen Standorten der Insel vermaßen. Eine Erlaubnis brauchten sie dafür nicht einzuholen, da die A&P-Gruppe den Campingplatz ja bereits gekauft hatte, aber um auch hier keine unnötige Aufmerksamkeit zu erregen, hatte Doreen Frau Kleiber angewiesen, Stine und Ove zu informieren.

Herr Marquardt hatte Doreen ja damals schon vorgewarnt, dass auch der Landschaftsarchitekt in »Tarnkleidung« auftauchen würde, aber mit einem derart hippiesken Outfit hatte Doreen dann doch nicht gerechnet: Jost Winter hatte seine lange blonde Lockenmähne zu einem lässigen Pferdeschwanz zusammengebunden, trug Birkenstocksandalen an seinen nackten Füßen – und einen übertrieben bunten Poncho, der vermutlich nicht nur aussah, als wäre er aus einem Dritte-Welt-Laden. Herr Brendel dagegen steckte gänzlich in beiger Survivalkleidung à la Zemke – allerdings mit einer roten Baseballkappe, deren Front ein Panda-Sticker zierte.

»Moin, Herr Winter! Ich hatte Sie eigentlich mit Rastazöpfen erwartet«, scherzte Doreen zur Begrüßung.

»Ich habe mich eher an Ihnen orientiert«, gab der schlagfertig zurück und deutete auf Doreens kaum gebändigte Lockenpracht.

»Okay, eins zu null«, gab Doreen zu und wunderte sich über ihre neue Lockerheit in Bezug auf Konversationen.

»Na, dann wollen wir mal«, verabschiedeten sich die beiden Geheimagenten und machten sich daran, überall auf dem Platz Proben zu entnehmen und Bohrungen durchzuführen, um Bodenbeschaffenheit und Grundwasserspiegel zu prüfen.

Doreen setzte sich derweil vor den Bus an ihren Klapptisch, um einen ersten Lagebericht zu erstellen.

»Was haben Sie denn eigentlich hier vor?«, fragte Jost Winter, nachdem die beiden ihre Arbeit beendet hatten und mit einer Tasche voller Röhrchen und Probetüten zurückkehrten, um Doreen Bericht zu erstatten.

»Das hat Ihnen Frau Kleiber doch bestimmt schon gesagt«, antwortete Doreen bewusst kurz angebunden. »Die A&P-Group möchte das Areal in ein nachhaltiges, klimaneutrales, ökologisches und autarkes Outdoor-Resort umgestalten.«

»Schon klar«, winkte Winter verächtlich ab. »Das behaupten sie ja erst mal alle. Klingt auch schön blumig. Aber ich sage Ihnen gleich: Diese ganzen tropischen Pflanzen, die Ihnen vorschweben, die Palmen, Buchsbäume und Oleanderhecken können Sie vergessen!« Er sah sehr echauffiert aus. Seine blauen Augen blitzten. »Das Gelände ist eine riesige Düne. Der Boden besteht nur aus Sand und Salz. Bevor hier etwas anderes wächst als Heckenrosen und Dünengras, müssten Sie metertiefe Schichten abtragen und Muttererde aufschütten. Und selbst dann würden die Pflanzen bei dem rauen Klima vermutlich eingehen.« Er räusperte sich. »Sie könnten natürlich eine riesige Glaskuppel über alles setzen. Wie im Tropical Island ...«, lachte er bitter und wischte sich den Schweiß von der Stirn. Zurück blieb ein Schmutzstreifen, der wie eine indianische Kriegsbemalung aussah.

»Interessant!«, erwiderte Doreen schmallippig. »Ich werde das so weitergeben, sobald Sie Ihre Proben ausgewertet und mir Ihr Gutachten und Ihre landschaftsarchitektonische Entwurfsplanung übergeben haben. Wann kann ich damit rechnen?«

»ASAP«, sagte er. »Aber ich warne Sie: Sollte Ihre Corporation irgendetwas anderes mit dem Gelände vorhaben als das, was Sie mir gerade erzählt haben, und wie so viele andere auf der Insel es versuchen oder versucht haben, werden Sie einen Riesenärger kriegen! Das Gelände steht unter Biotopschutz, denn hier ist die Natur noch vollkommen intakt. Und wenn erst mal die Naturschützer kommen und seltene Brutstätten oder gefährdete Fauna entdecken, sind Sie sowieso geliefert. Es wäre wirklich ein Verbrechen, dieses Kleinod hier zu verschandeln. Dieses Profitdenken macht mich noch ganz krank!« Er war ganz rot im Gesicht geworden und schaute sie wütend an.

Herr Brendel hustete verlegen.

»Wer hat Sie eigentlich engagiert?«, fragte Doreen scharf.

»Das war eine Frau Kleiber, glaube ich. Wieso?«

»Nur so. Vielen Dank! Ich wünsche Ihnen eine angenehme Rückreise.« Damit drehte Doreen den beiden den Rücken zu und verschwand im Bus.

Da musste ja gehörig was schiefgelaufen sein, dachte sie, während sie drinnen abwartete, bis die beiden außer Sichtweite waren. Hatte denn niemand darauf geachtet, für diesen Job nicht unbedingt einen Ökofanatiker zu engagieren, der vermutlich auch noch Mitglied der Grünen war? Seine Tarnung war vermutlich gar keine Tarnung, mutmaßte Doreen. Das war sein normales Outfit!

Papperlapapp. Was interessierte sie die Meinung eines veganen Klimaschutz-Hippies? Sie trank einen Schluck Mineralwasser und machte sich an die Fortführung ihres Auftrages.

Der nächste Dauerstellplatz-Wohnwagen, bei dem sie sich eine Mülltüte borgte, wurde von einer 3er-Mädchen-WG bewohnt, die als Kellnerinnen und Verkäuferinnen jobbten. Nur Natalya war zu Hause, weil sie sich eine Erkältung eingefangen hatte, ihre Mitbewohnerinnen waren bei der Arbeit.

Äußerst freundlich und hilfsbereit, schenkte sie Doreen sofort die gewünschte Alibi-Tüte und bot ihr einen Kaffee und einen Platz auf der Holzterrasse an, die die Frauen sich offenbar aus Strandholz zusammengebastelt hatten. Sie schien froh über die unverhoffte Ablenkung zu sein und redete ohne Punkt und Komma.

Doreen erfuhr, dass es für Angestellte unmöglich war, auf Sylt eine Wohnung zu bekommen. Und da auch das tägliche Pendeln aufs Festland und zurück keine Alternative war, waren die Mädchen schließlich auf die Idee gekommen, sich den Wohnwagen eines Opas der drei als Unterkunft zu teilen.

»Funktioniert eigentlich ganz gut«, strahlte Natalya. »Man ist nie alleine, und hier draußen in der Natur ist es echt nice. Es gibt coole Strandpartys.« Sie kicherte.

»Gibt es noch mehr WGs hier wie eure?«, erkundigte sich Doreen.

»WGs nicht, aber es gibt etliche Angestellte, die in der Saison hier wohnen – manche auch in den Zelten!« Sie wies in Richtung des Dünengürtels. »Es geht ja leider nicht anders.« Sie zuckte mit den Schultern. »Die Mieten kosten entweder ein Vermögen, oder die Wohnungen sind zu Ferienappartements umgewandelt, weil die Eigentümer damit mehr verdienen.«

Doreen nutzte das Stichwort, um ihren Vortrag über den Bioplatz in Tinnum zu halten, und Natalya war hellauf begeistert. »Dann könnte ja jede von uns ihren eigenen Wagen haben!«, rief sie aufgeregt. »Ja, gib mir unbedingt mal einen Flyer!«

Mission erfolgreich erledigt, hakte Doreen einen weiteren Stammplatz ab. Nachdem sie sich von Natalya und ihrem Drei-Mädel-Wagen verabschiedet hatte, machte sie vor einer Parzelle halt, auf der ein edel gekleideter Herr mittleren Alters eine extrem teuer aussehende Harley Davidson putzte. Das Chrom blitzte derart blendend in der Sonne, dass Doreen ihre Augen zu schmalen Schlitzen zusammenkneifen musste.

»Schönes Exemplar!«, versuchte sie, mit dem Mann ins Gespräch zu kommen.

Der drehte sich begeistert um und legte seinen Putzlappen zur Seite. »Ja, nicht wahr? Das ist ein original Easy Rider aus 1969, ein ganz rares Modell. Sie kennen den Film?«

»Klar«, nickte Doreen, obwohl sie sich lediglich verschwommen an den Titel erinnerte. »Ist das denn gut hier für den Oldtimer mit dem Sand, Salz und Wind?«

Der Mann lachte. »Keine Sorge. Ich habe die Maschine nur für heute aus der Garage geholt. Sie steht sonst temperiert und trocken in Keitum.«

»Aha«, nickte Doreen. »Wohnen Sie hier?«

»In der Saison schon.« Der Mann grinste. »Ist viel günstiger als eine Ferienwohnung. Und das Ersparte hat glatt für die Harley gereicht«, prahlte er und klopfte stolz auf deren Ledersattel. »Wohnen Sie auch hier?«, erkundigte er sich.

»Ja, für ein paar Wochen …«

»Mögen Sie einen grünen Tee? Soll ja so gesund sein, und ich brauche dringend eine Putzpause.«

»Gerne!«

»Kommen Sie doch mit rein«, forderte der Harley-Fahrer sie auf.

Doreen betrat den alten, fast neun Meter langen Tabbert-Wohnwagen und glaubte, ihren Augen nicht zu trauen: Hier war der Spruch »Außen pfui, innen hui« eins zu eins umgesetzt worden! Die Originalausstattung war komplett entfernt und durch edle Teppiche, Tropenholz, Leder-Lounges und eine ultramoderne Küche mit Geschirrspüler und Mikrowelle ersetzt worden. Ein Weinschrank, ein großes Wasserbett, eine Regendusche mit Echtstein-Fliesen und ein gigantisches Flat-Screen-TV ergänzten das luxuriöse Ambiente. Die abgerockte Außenhülle war nur Tarnung. Hier fehlte es wirklich an nichts.

»Feinster Lapsang Souchong«, sagte der Hausherr stolz, stellte eine winzige, dampfende chinesische Tasse auf den Tisch und bat Doreen, sich zu setzen. »Alles, was wir an Miete gespart haben, haben wir in den Wohnwagen investiert«, berichtete er, während er unangenehm laut von seinem Tee schlürfte. »Den Wagen haben wir vom Ex-Mann meiner Frau übernommen. Ist die Tarnung nicht perfekt? So oll, wie der Wagen von außen aussieht, kommt hier bestimmt kein Einbrecher rein.« Er kam sich offensichtlich total ausgebufft vor.

»Und wenn ich nun eine Einbrecherin wäre?«, konterte Doreen, der die Selbstgefälligkeit ihres Gegenübers allmählich auf die Nerven ging.

»Dann sind Sie nun bereits von unseren Kameras bestens zu identifizieren.« Er blinzelte ihr zu und deutete auf diverse Miniobjektive im Wohnwagen.

»Haben Sie schon von dem neuen Biocampingplatz in Tinnum gehört?«, begann Doreen ihren mittlerweile bestens einstudierten Vortrag. »Dort würde Ihre Harley korrosionsmäßig viel ungefährdeter stehen, denn dort gibt es nur Rasenflächen.«

Der Harley-Mann hörte ihr aufmerksam zu und goss sich Tee aus einer winzigen Kanne nach.

»Und Sie wären schneller in Keitum«, schloss Doreen ihren Vortrag ab.

»Nicht uninteressant«, fand der Mann. »Geben Sie den Flyer gerne mal rüber.«

Doreen leerte ihre Tasse. Der Tee war wirklich überraschend erfrischend. Sie dankte dem Harley-Fan für seine Gastfreundschaft und verabschiedete sich.

Krass, was für unterschiedliche Menschen diese scheinbar schrottreifen Wagen bewohnten, dachte sie auf dem Weg zu Frau Zemke. Es war bunter und lebendiger, als sie jemals vermutet hätte. Sie war sehr gespannt auf Frau Zemkes Rechercheergebnisse.

Frau Zemke hatte einen ehrenamtlichen Ornithologen vorzuweisen, der nicht nur einen, sondern mehrere Vögel hatte – und eine 65-jährige, streng vegane Aussteigerin, die autark leben wollte.

»Die spült ihre Toilette mit übrig gebliebenem Spaghettiwasser und sammelt Trinkwasser mit einer Regentonne«, berichtete ihre Sekretärin erstaunt. »Sie hat in ihrer Parzelle sogar ein kleines Hochbeet angelegt. Und unter uns«, Frau Zemke kicherte, »ich glaube, ich habe im Inneren ein paar Cannabis-Pflanzen gesehen, die von einer UV-Lampe bestrahlt wurden.« Triumphierend schaute sie Doreen an.

»Sie kennen sich mit Cannabis-Pflanzen aus?«, fragte die erstaunt.

»Na, hören Sie mal!«, lachte Frau Zemke. »Ich sehe zwar nicht so aus, aber ich war auch mal jung!«

Doreen kam sich plötzlich sehr spießig vor, denn sie selbst kannte sich überhaupt nicht aus – obwohl sie jünger als die Zemke war. Um alles, was mit Drogen zu tun hatte, machte sie seit jeher einen großen Bogen, denn es hing zwangsläufig mit Kontrollverlust zusammen. Und Kontrolle war ihr Lebenselixier.

»Sie ist natürlich sofort auf den Biobauernhof angesprungen«, berichtete Frau Zemke weiter. »Der Ornithologe übrigens nicht so sehr, weil er ja gerade an einer Statistik über das Brutverhalten verschiedener Seevögel hier in Hörnum arbeitet.«

»Verstehe«, sagte Doreen. »Trotzdem tolle Arbeit!«

»Danke sehr.« Frau Zemke sah geschmeichelt aus. »Es macht aber auch wirklich Spaß! So interessante Menschen hier!«

»Apropos«, hakte Doreen ein. »Wie war es denn gestern Abend noch mit Herrn Matthiessen?«

»Ach, ganz nett«, winkte Frau Zemke ab, und Doreen schien es, als wäre sie ein bisschen rot geworden. Sie wollte gerade weiter nachfragen, als ihr Handy klingelte. Frau

Zemke machte sich winkend davon und schien froh, auf diese Weise weiteren Fragen entgehen zu können.

Der gut gelaunte Radiomoderatoren-Bass von Herrn Marquardt erklang aus Doreens Handy: »Na, Frau Brüning, wie kommen Sie voran? Was macht die Kündigungswelle?« Er lachte.

»Die schreitet voran«, log Doreen und verzichtete darauf, ihn bezüglich ihres Nachnamens zu korrigieren. Entweder ihr eigentlich sehr simpler Name bereitete ihm tatsächlich Schwierigkeiten – oder er machte es mit Absicht.

»Die Werbeabteilung hat mich angerufen und mich über Ihren Flyer-Auftrag informiert. Was hat es damit auf sich?«, wollte Marquardt wissen.

Doreen erzählte ihm von ihrem Trick mit dem Biobauern.

»Sehr gut, Frau Brüning!«, lobte er. »Ich hoffe, Ihre Strategie zeigt schnelle Resultate. Die Investoren werden nämlich langsam nervös. Wir müssen bis Ende des Monats Konzept und Bauantrag einreichen. Schaffen Sie das?«

Doreen schluckte. Das war sportlich! »Natürlich, kein Problem«, behauptete sie trotzdem.

»Prima«, sagte Herr Marquardt zufrieden. »Ach ja, dieser Landschaftsgärtner hat sich bei Frau Kleiber gemeldet und mit dem Naturschutzbund gedroht. Wir haben ihn von dem Auftrag entbunden. Behalten Sie ihn bitte im Auge. Ich weiß nicht, wie Frau Kleiber auf die Idee kommen konnte, ihn zu engagieren. Ich habe ihr bereits eine Abmahnung zukommen lassen.« Er verabschiedete sich und legte auf.

Doreen war übel. Verkrampft ging sie zurück zum Bus, um ihre Gymnastikübungen zu absolvieren.

13

Abends stand eine Versammlung der Bürgerinitiative »Rüm Hart« auf dem Programm. Gemeinsam mit Frau Zemke fuhr Doreen mit dem Campingplatz-Elektro-Smart nach Keitum in den Alten Friesensaal, wo die Veranstaltung stattfinden sollte.

Es erstaunte Doreen sehr, wie viele Menschen in dem plüschigen, altmodischen Saal zusammengekommen waren. Es waren bestimmt über 150, die meisten davon Sylter, die schon lange auf der Insel lebten, manche seit Generationen, wie Doreen einigen Gesprächsfetzen entnahm. Es herrschte eine warme, solidarische, fast familiäre Stimmung. Doreen entdeckte Natalya und ihre Mitbewohnerinnen im Publikum und winkte ihnen zu. Frau Zemke begrüßte Ove, und sie selbst lief Mattes und Mareike in die Arme.

»Hey, das finde ich ja toll, dass du auch hier bist«, freute sich Mareike. »Ich wusste gar nicht, dass du dich für die Sylter Problematik interessierst.«

»Na klar«, antwortete Doreen schwammig.

»Hey, alles klar mit deinem Bulli?«, begrüßte sie Rasta-Mattes. »Hat der Anlasser gehalten?«

»Ja, zum Glück«, lachte Doreen. »Danke, das war echt supernett von dir!«

»Dafür nich!«, grinste er. »Bullifahrer-Ehrenkodex!«

»Sag mal, du bist doch Surflehrer?«, fiel ihr plötzlich ein. Denn den Wassersport zu erlernen war ja auch noch Teil ihres Auftrages.

»Yup!« Mattes nickte.

»Hast du in deinem Anfängerkurs zufällig gerade noch einen Platz frei?«

»Im Moment gebe ich gar keine Kurse, weil ich einem Kumpel in seinem Restaurant aushelfe«, schüttelte Mattes den Kopf. »Die haben so krassen Arbeitskräftemangel, dass sie sonst schließen müssten. Ist echt schlimm gerade.«

»Deswegen sind wir heute ja auch hier«, ergänzte Mareike.

»Verstehe«, nickte Doreen.

»Aber ich frag mal einen Kollegen«, schlug Mattes vor. »Und jetzt sollten wir uns setzen! Geht gleich los.«

»Prima!«

Doreen suchte sich einen Sitzplatz und hielt nach Frau Zemke Ausschau, die immer noch mit Ove sprach. Sie reservierte den Platz neben sich und entdeckte zwei Reihen weiter Stine, die ihr aufgeregt zuwinkte. Natürlich mit ihrem Strickzeug auf dem Schoß. Und mit Daisy neben sich.

Es wurde ruhiger im Saal. Die Leute setzten sich. Frau Zemke eilte zu ihrem Platz neben Doreen, und ein Hüne mit blondem Strubbelhaar und tiefbrauner Haut betrat die

Bühne. Er trug Jeans und ein »Rüm Hart«-T-Shirt, das seinen athletischen Körperbau aufs Vorteilhafteste betonte. Hinter ihm stand eine Tafel, auf der die Ziele des Netzwerkes aufgelistet waren:

Bürgerbeteiligung
Dauerwohnraum
Nachhaltiger Tourismus
Verkehrskonzept
Landschaftserhalt
Schaffung von tourismusunabhängigen Arbeitsplätzen

»Moin, liebe Sylter«, begrüßte der Hüne launig das Publikum, das begeistert applaudierte. Einige riefen: »Moin, Hinnerk!«

»Jedes Jahr werden auf Sylt über 4,6 Millionen Übernachtungen gezählt«, begann er seinen Vortrag. »Eine krasse Zahl im Verhältnis zu rund 18.000 Einwohnern.«

Zustimmendes Gemurmel im Saal.

»Logisch, dass diese Menschenmassen nicht von uns Syltern alleine versorgt werden können. Deshalb pendeln, wie ihr alle wisst, in der Saison täglich bis zu 5000 Arbeitnehmerinnen per Bahn über den Hindenburgdamm. Maurer, Klempner, Maler, Dachdecker ebenso wie Pflege- und Servicepersonal, Einzelhandelskaufleute, Gebäudereiniger, Polizisten und Verwaltungsleute.« Er räusperte sich. »Das Pendeln ist wegen der vielen Zugausfälle und Verspätungen extrem nervig und anstrengend – aber Wohnungen oder

Zimmer auf der Insel sind für Normalverdiener ja leider nicht mehr zu bezahlen.«

Buhrufe und Fußgetrappel im Publikum.

»Die wenigen, die das Glück hatten, auf der Insel Unterkunft zu finden, hausen in extrem überteuerten Kellern, Garagen, Dachböden oder klitzekleinen Zimmern. Die Wohnungsnot auf Sylt ist so groß, dass viele Beschäftigte im Sommer in Zelten auf dem Campingplatz leben.«

»Jawoll!!«, stimmten nicht nur Natalya und ihre WG-Genossinnen zu.

»Diese Dynamik hat natürlich dramatische Folgen für die Infrastruktur der Insel«, fuhr er fort. »Drei kommunale Grundschulen und die dänische Schule wurden bereits geschlossen. Etliche Kitas mussten zumachen, weil einfach zu wenig Kinder da sind. Die Feuerwehren suchen händeringend nach Mitgliedern, und im Winter liegen ganze Straßenzüge und Wege im Dunkeln, weil dann die vielen Ferienwohnungen leer stehen und niemand darin wohnt.«

Er sah wütend aus.

»Vor allem die Millionärspaläste in Kampen stehen den Großteil des Jahres leer! Deshalb ist dort der pervertierte Job des ›Anwesenheits-Vortäuschers‹ entstanden: Asylanten, die leere Mülltonnen auf die Straße schieben, Briefkästen leeren, CDs mit Haushaltsgeräuschen abspielen und die Zimmerlichter ein- und ausschalten.«

Er lachte verächtlich.

»Alles, um die Anwesenheit der Eigentümer vorzutäuschen. Dabei wissen die Profieinbrecher ja längst, dass hier niemand wohnt und vor dem Einschlafen seine klaubare 200.000-Euro-Uhr auf den Nachttisch legt.«

Er fuhr aufgebracht durch sein strubbeliges Haar.

»Wenn man diesem geradezu perversen Zustand gegenüberstellt, dass es für die wenigen sozialen Wohnprojekte für Einheimische in List und Westerland über 400 Bewerber pro Wohnung gibt, wird es richtig düster.«

»Das wusste ich nicht«, flüsterte Frau Zemke betroffen.

»Die in Auftrag gegebenen Studien zur Ermittlung des Wohnraumbedarfs«, fuhr Hinnerk mit seiner Rede fort, »kamen zu dem Ergebnis, dass bis 2025 rund 2880 Wohneinheiten auf Sylt gebaut werden müssten, um dem Bedarf zu genügen. Dafür bräuchte es allerdings eine deutliche Intensivierung der Bautätigkeit vor Ort.«

Aufgewühlt fuhr er sich erneut durch die Haare.

»Wir dürfen uns den Raubbau an unserer Insel nicht länger gefallen lassen, Leute!«, schmetterte er mit Verve und Leidenschaft. »Wir dürfen nicht zulassen, dass hier nur noch Investitionsobjekte stehen und die gesamte Infrastruktur zusammenbricht!«

Brandender Beifall im Saal.

»Wenn die Reichen hier nichts mehr zu essen kriegen, weil in den Restaurants die Angestellten fehlen, werden sie endlich die Konsequenzen ihrer rücksichtslosen Gewinnsucht spüren«, lachte er schadenfroh. »Letztes Jahr mussten etliche Restaurants, Läden und sogar Hotels schließen, weil kein Personal mehr zu bekommen ist. Und Arzt- oder Physiotermine kriegt man auch nicht mehr, weil die alle vom

Lanserhof angeheuert wurden. So kann es echt nicht weitergehen!«

Wieder tosender Beifall.

»Ich bin mittlerweile hochallergisch auf jedes weitere kapitalistische Projekt auf der Insel«, rief Hinnerk.

»Wir auch!«, kam es zigfach aus dem Publikum zurück.

»Also, was tun, liebe Mitkämpfer?«, fragte er. »Ich finde, wir sollten mit den reichen Kampener Zweitwohnungsbesitzern sprechen, ob sie ihre Häuser nicht zumindest teilweise untervermieten wollen, bevor für teures Geld Anwesenheit vorgetäuscht werden muss«, schlug er vor.

»Gute Idee!«, riefen einige.

»Es kann doch echt nicht sein, dass die schönsten Häuser am schönsten Ort der Insel fast das ganze Jahr über leer stehen und ein komplettes Dorf mit rund 700 Häusern quasi unbewohnt ist!«, rief er empört. »Das ist unmoralisch!«

Beifall und zustimmendes Fußgetrampel.

»Und wir sollten die zahlreichen Ferienvermietungsunternehmen und die Makler nerven und die Bürgermeister der einzelnen Gemeinden auf den Pott setzen! Wir sollten uns bis hinauf zu den Landräten und Ministern durchkämpfen«, forderte er entschlossen und sah aus wie ein Wikinger, der sein Volk zu neuen Eroberungen anfeuerte.

»Wir sollten versuchen, öffentliche Gelder lockerzumachen, und wirklich alles tun, was uns einfällt!«, fuhr er fort. »Wir können uns das wirklich nicht mehr länger gefallen lassen! Denn, liebe Rüm Hartler: Es ist nicht mehr fünf vor zwölf – es ist bereits Viertel nach!!«

Tosender Beifall im Publikum.

»Ich würde vorschlagen, dass wir uns gleich in verschiedene Arbeitsgruppen aufteilen, die unsere Ziele«, er deutete auf die Tafel hinter sich, »in Angriff nehmen. Jeder ist herzlich willkommen mitzumachen und sich auch in unsere Protest-Unterschriftensammlung einzutragen!«

Damit schloss er seinen Vortrag und überließ einer Frau die Bühne, die über die fortschreitende Landschaftszerstörung durch Großprojekte referierte.

Doreen verfolgte, wie Hinnerk durch den Saal ging, immer wieder angesprochen wurde und schließlich am Eingang vor einem Tisch stehen blieb, um den sich bereits eine Gruppe gebildet hatte. Doreen erhob sich von ihrem Platz, arbeitete sich zu Hinnerks Tisch durch und trug sich in die Arbeitsgruppe ein. Je mehr Insiderinfos sie bekam, desto besser.

»Wer bist du denn?«, sprach Hinnerk sie plötzlich an. »Ich hab dich hier noch nie gesehen.« Misstrauisch schaute er sie an.

»Ich bin Doreen. Ich stehe mit meinem Bulli auf dem Campingplatz in Hörnum und habe eure Initiative mitbekommen«, sagte Doreen. »Find ich toll!«

»Aha ...« Er sah immer noch zweifelnd aus. »Dann werde doch Unterstützerin. Wir können jeden Cent gebrauchen!« Er hielt ihr eine Sammeldose vor die Nase, in die sie, um ihn von ihrer Seriosität zu überzeugen, sofort einen 20-Euro-Schein steckte.

Er nickte zufrieden. »Dann bist du die Doreen, die laut Mattes einen Surflehrer sucht?«, fragte er, nun schon etwas freundlicher.

»Stimmt!« Erstaunlich. Wann hatte Mattes ihm das denn zugerufen? Hatte er ihm eine SMS geschickt?

»Kannst in meinen Kurs kommen. Ich hab 'ne mobile Surfschule. Morgen stehen wir zwischen Rantum und Hörnum. Ich kann dir den Standort per GPS aufs Handy schicken.«

»Das wäre ja super«, freute sich Doreen.

»Brett und Neo haben wir«, knurrte Hinnerk friesisch wortkarg.

»Perfekt.« Doreen schrieb ihre Handynummer auf. »Warum heißt ihr eigentlich ›Rüm Hart‹?«, erkundigte sie sich.

»›Rüm hart – klaar Kiming‹ ist ein Sylter Leitspruch«, erklärte Hinnerk knapp.

»Und was soll das heißen?«

»Weites Herz – klarer Horizont«, erklärte er. »Die Lebensmaxime der Ur-Sylter!«

Auf der Rückfahrt plagten Doreen erstmals Gewissensbisse. Hinnerks flammende Rede und der Einblick in die sozialen und ökologischen Problematiken der Insel hatten sie erschüttert. War das moralisch überhaupt noch vertretbar, was sie hier machte? Konnte sie tatsächlich guten Gewissens dazu beitragen, dass noch ein »Reichengetto« entstand, nur um ihre eigene Karriere zu fördern?

Frau Zemkes Empörung machte es nicht besser. »Schrecklich, was mit der schönen Insel passiert«, regte sie sich auf. »Zum Glück ist das Projekt unserer A&P-Gruppe

nachhaltig, ökologisch und klimaneutral«, beruhigte sie sich laut.

Von wegen, dachte Doreen und konnte ihr kaum in die Augen schauen. Wenn die treuherzige Sekretärin wüsste … Doreen kam sich vor wie eine hinterhältige Doppelagentin. Aber zum Aussteigen war es jetzt definitiv zu spät. Wenn Sie diesen Job vergeigte, konnte sie auch ihre Karriere vergessen. Zumindest die bei A&P …

14

Der nächste Tag war ungewöhnlich windstill. Das Meer lag so glatt, ruhig und ohne jegliche Brandung da, als wäre es über Nacht versteinert.

»Das wird nix mit Wellenreiten heute«, stellte Hinnerk dann auch ungerührt fest, als Doreen zu der kleinen Surfer-Gruppe stieß, die sich kurz hinter Rantum am West-Strand versammelt hatte.

»Aber wer möchte, kann es alternativ mit Stand-up-Paddeln versuchen. Dafür sind die Bedingungen ideal!« Hinnerk zeigte auf einen Stapel SUP-Boards, die auf dem Dach seines knallgelben Surfschulen-Mobils, eines umgebauten, alten Postbusses, festgezurrt waren. Er hatte den Bus direkt auf dem Strand geparkt. Auf der Seitenfläche stand:

Happiness is the new rich. Inner peace is the new success. Health is the new wealth. Kindness is the new cool.

Es war später Nachmittag, die Temperatur lag bei 27 Grad, und die Sonne knallte von einem wolkenlosen Himmel. »Heute ist es so warm, da könnt ihr auch ohne Neo fahren, wenn ihr möchtet«, verkündete Hinnerk. »Aber ihr müsstet euch mit einem T-Shirt oder so gegen die Sonne schützen. Die ist auf dem Wasser echt intensiv.«

Außer Doreen waren noch zwei andere Teilnehmer interessiert, und Hinnerk wies sie kurz ein, wie sie am besten auf dem Brett stehen und in welchem Winkel sie das Paddel halten sollten.

Zweimal fiel Doreen vom Board, aber dann hatte sie den Bogen raus, möglichst mittig und breitbeinig auf dem Brett zu stehen, und keine Mühe mehr, das Gleichgewicht zu halten. Es war wirklich leichter als gedacht. Langsam und gleichmäßig tauchte sie das Paddel abwechselnd links und rechts ein und glitt lautlos über die stille Nordsee. Es machte Spaß und war überraschend entspannend, stehend über das glatte Meer zu schweben.

Da ihr das Schlauchboot-Drama noch in den Knochen steckte, achtete sie darauf, parallel zur Küste zu paddeln und sich nicht zu weit vom Ufer zu entfernen.

Platsch! Platsch! Im ruhigen Rhythmus flogen ihre Gedanken davon. Wie konnte sie die Pächter-Kündigungen bloß vorantreiben? Den Vormittag hatte sie – außer mit ihrem Sportprogramm – wieder mit dem »zufälligen« Kennenlernen der Stammplatzbewohner verbracht: eine alleinerziehenden Mutter aus Bremen und ein schwules Rentnerpaar aus Köln. Beide hatten sich interessiert am Biohof gezeigt. Sobald die Flyer endlich da waren, würde sie eine Infoveranstaltung im Gemeinschaftsraum initiieren, beschloss sie. Und Frau Zemke sollte danach möglichst jede

Menge Anmeldungen einsammeln! Es würde schon alles klappen.

Sie atmete tief durch und setzte sich, um kurz zu pausieren. Die Unterschenkel ließ sie links und rechts ins erstaunlich klare Wasser baumeln. Das war so meditativ, dass sie sich in einem Anfall von Entspannung kurzerhand mit dem Rücken aufs Brett legte und sich mit geschlossenen Augen (die Sonne blendete viel zu stark) treiben ließ. Es war ein unglaublich herrliches Gefühl, sich sanft vom Meer schaukeln zu lassen. Schwerelos und still. Sie ließ die Hände über Bord hängen und platschte sie ab und an mal ins kühle Wasser.

Plötzlich spürte sie, dass ihre rechte Hand von etwas kaltem Rauen gestreift wurde. Reflexartig schrie sie laut auf und öffnete die Augen. Ein riesiger, bestimmt zwei Meter langer Fisch entfernte sich grade wieder von ihrem Brett – und zu ihrem Entsetzen hatte er eine Flosse auf dem Rücken. Panisch rappelte Doreen sich hoch, verlor das Gleichgewicht und fiel ins Wasser, das sich nach ihrem wärmenden Sonnenbad erschreckend kalt anfühlte.

Ihr blieb kurz die Luft weg, und sie versuchte, sich zu beruhigen und tief durchzuatmen. Durch die Bugwelle ihres Sturzes ins Wasser war das Board ein paar Meter weit abgedriftet. Mit schnellen Brustschwimmzügen versuchte Doreen, es zu erreichen, und schaute sich dabei immer wieder nach dem vermeintlichen Hai um. Doch das verflixte Board schien ein Eigenleben entwickelt zu haben. Statt näher zu kommen, entfernte es sich immer weiter. Verzweifelt erhöhte Doreen ihre Schwimmzug-Frequenz. Das bescheuerte

Brett musste doch zu kriegen sein! Und das möglichst, bevor sie zu Hai-Futter wurde!

Hektisch ging sie vom Brustschwimmen zum Kraulen über und schaufelte, was ihre Kondition hergab, holte das Brett aber nicht ein. Was, wenn der Hai Verstärkung holte und sie gleich von einem Dutzend Riesenfische mit mörderischen Absichten umkreist wäre? Die Angst legte sich wie ein Gürtel um ihren Brustkorb und schnürte ihr die Luft ab.

Sie merkte, dass ihre Kondition nachließ. Sie konnte nicht mehr – und das nasse T-Shirt zog sie zusätzlich runter. Sie hielt inne, rief um Hilfe und winkte zum Ufer. Doch niemand dort schien sie zu sehen. Ihr ging die Kraft aus. Um nicht noch mehr Energie zu verlieren, breitete sie die Arme aus und ließ sich in Rückenlage treiben, um sich auszuruhen. Sollten die Haie doch kommen. Sie konnte nicht mehr. Ihr wurde schwummrig.

Plötzlich spürte sie zwei Arme hinter sich, die sie umfassten, ihren Kopf über Wasser hielten und sie Richtung Ufer zogen. »Ruhig atmen! Alles gut!«, hörte sie die raue Stimme von Hinnerk. Aus den Augenwinkeln sah sie, dass ein anderer Stand-up-Paddler ihr Board einholte.

Vollkommen durchgefroren kam sie am Strand an, und Hinnerk legte sofort eine Decke um sie. »Das Wasser hat erst siebzehn Grad, du bist vollkommen ausgekühlt. Ich mache dir erst mal einen heißen Grog«, verkündete er und verschwand in seinem Surfschul-Mobil.

Ein paar Minuten später war er zurück und drückte der immer noch zitternden Doreen einen dampfenden Becher in die Hand. Der Alkohol, der daraus hervorstieg, verschlug ihr den Atem und ließ sie husten.

»Nun mal runter damit!«, forderte Hinnerk. »Das ist gut gegen Unterkühlung und Schock!«

»Ich trinke keinen Alkohol«, versuchte Doreen sich zu wehren.

»Doch, jetzt schon«, sagte Hinnerk resolut und führte ihr den Becher an den Mund. »Trinken!«, befahl er.

Doreen fühlte sich zu schwach, um sich weiter zu wehren, und nahm widerwillig einen ersten Schluck. Die süße, aromatische und sehr heiße Flüssigkeit rann ihr wie Feuer die Kehle hinunter und verteilte sich angenehm wärmend in ihrem Magen. Ein wohltuendes Gefühl von Entspannung durchströmte sie, und sie nahm noch einen Schluck. Eigentlich ganz lecker.

»Da war ein Hai«, brachte sie krächzend hervor.

Hinnerk lachte. »Nein, du Dummi! Hier gibt es keine Haie. Das waren Schweinswale. Die sind so harmlos wie Delfine.« Er streichelte ihr über den Rücken.

»Aber leider gibt es nicht mehr viele«, erklärte er weiter. »Die Bestände sind bedenklich geschrumpft. Vermutlich wegen der ganzen Windräder, die sie hier überall ins Meer setzen.«

Der ungewohnte Alkohol hatte eine absolut berauschende Wirkung auf Doreen. Plötzlich schien ihr die Welt ganz wunderbar, und kalt war ihr auch nicht mehr.

Ein paar Jungs aus Hinnerks Gruppe hatten einen Standgrill aus dem Van geholt und begonnen, Würstchen aufzulegen. Der leckere, aromatische Duft stieg Doreen in die Nase, und sie merkte, enthemmt vom Alkohol, wie hungrig sie war.

Die Gruppe setzte sich um den Grill in den Sand, und jemand drückte ihr ein Bier in die Hand, das sie tatsächlich probierte. Auch das schien ihr plötzlich unglaublich lecker, so hopfig und würzig. Beschwipst vom Bier und Grog, konnte – und wollte – sie ihre Hungergefühle nicht mehr beherrschen und ließ sich bereitwillig Würstchen und Kartoffelsalat auf einen Teller füllen. Die Würstchen waren – bezogen auf ihr strenges Ernährungsprogramm – natürlich viel zu fett und viel zu verkohlt, aber Doreen kam es gerade so vor, als hätte sie noch nie in ihrem Leben etwas Köstlicheres gegessen.

»Hey, Dori! Schmeckt es?« Stine stand plötzlich neben ihr – flankiert von Daisy, die gierig Doreens Würstchen hypnotisierte. Doreen hatte die beiden gar nicht kommen sehen.

»Hallo, Schtiiine«, lallte Doreen mit vollem Mund. »Hab dich gar nicht kommen gehört.«

»Macht ja nix«, lächelte Stine und ließ sich neben ihr in den Sand fallen. Daisy legte sich vor ihre Füße. »Gemütlich hier!«

Hinnerk brachte ihr eine Flasche Bier, die sie an Doreens stieß. »Prost!«

Die Jungs hatten ein kleines Feuer gemacht, und jemand spielte Gitarre. Auch Stine wurde ein Teller serviert, und sogar Daisy bekam ein Würstchen. Schweigend aßen sie, schauten ins Feuer und lauschten den Gitarrenklängen.

»Wie kommt es eigentlich, dass du immer so traurig aussiehst, min Deern?«, fragte Stine nach einiger Zeit. »Du wirkst immer so angespannt.«

»Äh …«

»Egal!« Stine lachte und winkte ab. »Ich will dir mal was zeigen, meine Kleene.« Sie kramte in ihrer gestrickten Umhängetasche und zog ein zusammengefaltetes, schon sehr zerknittertes Papier heraus, das sie Doreen überreichte. »Lies mal!«

Während Doreen das Papier entfaltete, holte Stine ihr Strickzeug raus und begann, mit flinken, geübten Bewegungen mit den Nadeln zu klackern.

»*Wenn man ans Meer kommt, soll man zu schweigen beginnen*«, las Doreen. Ihre Augen flogen über den Text bis zu den letzten Zeilen: »*Soll man aufhören zu sollen und nichts mehr wollen wollen nur Meer. Nur Meer.*« Sie sah auf. »Wow!«, entfuhr es ihr. Die Zeilen berührten sie sehr. Sie faltete das Papier wieder zusammen und gab es Stine zurück. »Das ist wirklich wunderschön!«

»Es ist vor allem wahr«, lächelte Stine. »Denk mal drüber nach.«

Doreen nickte stumm.

»Ist übrigens von Erich Fried.«

»Schön.« Weil sie nicht wusste, was sie dazu sagen sollte, fixierte Doreen die tanzenden, orangen Flammen des kleinen Feuers.

»Hast du nicht auch mal Lust zu stricken?«, fragte Stine plötzlich.

»Zu stricken?« Doreen konnte sich kaum eine größere

Zeitverschwendung vorstellen. »Nee, lass mal«, lehnte sie ab.

»Ach, komm!«, forderte Stine und drückte ihr das Strickzeug in die Hand. »Probier mal!«

Widerwillig übernahm Doreen Stines Strickzeug. Die zeigte ihr, wie sie den Wollfaden über den Zeigefinger wickeln musste und wie sie am schnellsten die Maschen aufnahm. Doreen legte los – und es war ganz einfach. Zu sehen, was man schuf, und in so schneller Zeit Reihe um Reihe zu ergänzen fand sie befriedigender als vermutet. Zudem schien es tatsächlich entspannend. Und wenn sie es abends vorm Zubettgehen draußen auf dem Klappstuhl am Bus bei Kerzenschein mal heimlich probierte?

Sie legte das Strickzeug beiseite und leerte die Flasche. Um die heutige Kalorienkatastrophe wieder auszugleichen, würde sie morgen einen Fastentag einlegen und sich mit Ingwertee entgiften.

»Hier, schenk ich dir!«, riss Stine sie aus ihren Gedanken und überreichte ihr eine Rundstricknadel und zwei Wollknäuel. »Was willst du stricken?«

»Einen Schal?«, schlug Doreen hilflos vor.

»Okay. Ich ziehe dir die erste Maschenreihe auf.«

»Aber ...«

»Keine Widerrede, meine Süße! Ich mach das jetzt einfach!«

15

Schockiert über ihre gestrige Entgleisung, wachte Doreen am nächsten Morgen auf. Ihren totalen Disziplineinbruch konnte sie sich nur schwer verzeihen. Sie hatte unbeherrscht Kalorien zu sich genommen und – noch schlimmer – sogar Alkohol getrunken! Die Erschütterung ihres strikten Tages- und Ernährungsplanes ließ diffuse Angst- und Verunsicherungsgefühle in ihr aufsteigen, die – in Kombination mit ihren Katerkopfschmerzen – für ein düsteres Stimmungstief sorgten. Daran konnte auch die klirrende Stimme von Frau Zemke nichts ändern, die ihr auf dem Weg zu ihrer Morgentoilette ein fröhliches »Guten Morgen!« entgegenschmetterte.

Zum Glück ging der Surfkurs aufgrund der Tide gleich vormittags weiter, sodass Doreen die gestrige Kalorienkatastrophe zeitnah und wirkungsvoll mit Sport bekämpfen konnte. Das Frühstück würde sie zum Ausgleich ausfallen lassen und sich nur auf schwarzen Kaffee beschränken.

Wie hatte sie sich nur so gehen lassen und dieses ganze ungesunde Zeug verschlingen können? Bei dem Gedanken an die verkohlten Würstchen wurde ihr ganz schlecht …

Obwohl der Abend eigentlich sehr schön gewesen war, gestand sie sich ein, während sie am Kaffee nippte. Das Gespräch mit Stine ging ihr im Kopf herum, und sie strich über die Rundstricknadel, die sie ihr geschenkt hatte. Aber war Stricken nicht etwas für Leute mit zu viel Zeit? Für Omis?

Übellaunig absolvierte sie ihre Morgengymnastik, packte ihre Sachen und schwang sich aufs E-Bike, um zum Surftreffpunkt zu radeln.

»Dori! Stopp mal!«, hörte sie Stine rufen, als sie an der Rezeption vorbeifuhr. »Hier ist ein Paket für dich!«

Doreen hielt an und nahm einen Karton entgegen, den sie gleich öffnete. Es waren die bestellten Biohof-Flyer.

»Meinst du, ich könnte morgen Abend einen kurzen Vortrag im Aufenthaltsraum halten?«, fragte sie Stine kurz entschlossen. Es war höchste Zeit, dass sie in der Sache endlich vorankam.

»Ja, klar!«, lächelte die. »Worum geht's denn?«

»Ach, ich bin doch Mitglied im Campingverein Naturfreunde«, log sie. »Wir wollen ökologisch korrektes Camping auf der Insel fördern ... Hier! Da steht alles drin!« Sie überreichte Stine einen der frisch gedruckten Flyer.

Stine setzte ihre Lesebrille auf und studierte die Broschüre. Die A&P-Werbeabteilung hatte wirklich ganze Arbeit geleistet. Idyllische, photogeshopte Bilder kündeten von einem Öko-Camping-Paradies und priesen die Sonderkonditionen an.

»Oh, du willst also unsere Gäste abwerben?«, fragte Stine erstaunt und faltete den Flyer wieder zusammen.

»Nein, wir wollen nur den Biohof unterstützen – und außerdem mehr Menschen für naturnahes Campen begeistern. Quasi eine Win-win-Situation.«

»Eine was?« Stine schaute sie irritiert über den Rand ihrer Lesebrille an.

»Eine Win-win-Situation! Das sagt man, wenn etwas für beide Seiten gut ist«, erklärte Doreen und biss sich im Geiste auf die Zunge, einen derart kapitalistischen Begriff benutzt zu haben.

»Find ich gut!«, nickte Stine und watschelte zurück hinter ihren Tresen. »Fiete ist auch echt ein ganz Netter!«

»Fiete?« Jetzt war Doreen an der Reihe mit verständnislos gucken.

»Ja, Fiete Clausen. Der Biobauer!«

»Ihr kennt euch?«

»Schätzchen! Hier auf Sylt kennt jeder jeden«, lachte Stine.

Oha! Wenn das mal gut ging, dachte Doreen im Stillen.

»Ich schreibe deinen Vortrag gleich auf die Veranstaltungstafel. Um wie viel Uhr wolltest du denn loslegen?«

»Um neunzehn Uhr?«, schlug Doreen vor.

»Ja, das ist eine gute Zeit«, fand Stine. »Da sind die Leute vom Strand zurück und noch nicht beim Essen!«

Sie versprach, möglichst vielen Gästen Bescheid zu sagen, und Doreen brachte den Flyer-Karton zu Frau Zemke, mit dem Auftrag, sie an die Stammplatzpächter zu verteilen.

Nachdem das erledigt war, schwang Doreen sich erneut aufs Rad und musste ordentlich in die Pedale treten, um noch pünktlich zum Kursbeginn am Treffpunkt zu sein. Der gestrige Abend hatte sie erschreckend viel Kondition gekostet, entsprechend atemlos kam sie am Strand an. Die anderen Kursteilnehmer trugen bereits Neoprenanzüge und waren gerade dabei, ihre Bretter zum Wasser zu schaffen. Es war ziemlich windig, und die Brandung lockte mit perfekten Surfwellen.

»Hey, Hai-Bezwingerin«, begrüßte Hinnerk sie neckend. »Alles gut?«

Er steckte in einem schwarzen Neoprenanzug, der so hauteng an seinen schlanken Beinen saß wie eine Rockstar-Lederhose. Sein Oberkörper war noch unbekleidet, und Doreen konnte nicht umhin, zu bemerken, wie unverschämt gut er aussah: tiefbraun mit sexy Dreitagebart, der von Sonne und Salzwasser blond ausgeblichen war und mit seiner dunklen Haut aufs Attraktivste kontrastierte. Sein Oberkörper schien so austrainiert wie der eines Athleten, und um den Hals trug er eine Lederkette mit einem hell orangen Bernstein.

»Jaja«, winkte Doreen ab, die nicht an ihre gestrige Entgleisung erinnert werden wollte.

»Hier ist ein Neo, der dir passen müsste«, strahlte Hinnerk sie mit blendend weißen Zähnen an und hielt ihr einen Gummianzug vor die Nase. »Weißt du, wie du da reinkommst?«

Doreen nickte, nahm den Anzug entgegen und sog den Duft nach Meer, Salz und Moschus ein, den Hinnerk verströmte und der sie seltsam berührte.

»Du musst den Anzug erst mal wie Stützstrümpfe an den Beinen ganz hochziehen und dann erst in das Oberkörperteil schlüpfen!«, rief Hinnerk ihr zu und verschwand im Inneren des Vans.

Ob er diesen Stützstrumpf-Tipp allen gab – oder nur älteren Surfanfängerinnen wie ihr, fragte Doreen sich, während sie ihren rechten Fuß in das rechte Gummibein steckte. Der Anzug war unfassbar eng und rutschte überhaupt nicht. Sie versuchte, irgendwo am Stoff zu ziehen, aber da er so eng an der Haut lag, konnte sie keine Falte zum Hochziehen greifen. Sie begann zu schwitzen. Dadurch bockte der Anzug noch mehr.

»Raus ist einfacher«, rief Hinnerk fröhlich aus der Van-Tür, der Doreens Bemühungen amüsiert beobachtete. »Am Anfang ist es ungewohnt, aber irgendwann hat jeder seinen speziellen Trick raus. Ich brauche nur noch dreißig Sekunden!«

Doreen nickte verbissen. Schön für ihn. Sie dagegen würde vermutlich dreißig Jahre brauchen. Es war ihr außerdem unangenehm, dass er sie die ganze Zeit im Bikini anstarrte. Konnte er nicht woandershin gucken?

In einer Mischung aus Wutanfall und Kraftanstrengung schaffte sie es schließlich, in die Plastikhaut zu schlüpfen.

»Prima!«, applaudierte Hinnerk, trat zu ihr und zog den Reißverschluss am Rücken zu. »Und nun ab aufs Wasser!«, befahl er. »Oder hast du nach gestern Angst?«

»Quatsch«, winkte Doreen ab, obwohl ihr tatsächlich etwas mulmig war, und nahm das riesige Surfbrett entgegen, das Hinnerk ihr vor die Nase stellte.

»Prima!«, lobte er. »Nach einem Sturz muss man sofort wieder rauf aufs Pferd, sonst bleibt ein Trauma zurück!«

Auf dem Sand zeigte Hinnerk ihr, wie sie sich bäuchlings aufs Brett zu legen hatte, um durch die Wellen zu paddeln, bis sie hinter der Brechungslinie wäre. Dann übten sie, vom Liegen in den Stand zu springen, was Doreen, in dem schweißtreibenden Neo steckend, angesichts der Temperaturen kurz vor einen Kreislaufkollaps brachte. Sie war froh, als sie endlich ins Wasser durfte und sich bäuchlings durch die Brandung schaufelte.

Es war weitaus schwieriger als gedacht: Zum einen galt es, den richtigen Startzeitpunkt und die richtige Welle zu erwischen – zum anderen, in Sekundenbruchteilen vom Liegen in den Stand zu kommen. Doreen fiel gefühlte hundertmal vom Brett und ließ sich nach zwei Stunden restlos erschöpft in den Sand fallen.

Hinnerk dagegen surfte so mühelos, elegant und mit lockeren Schwüngen die Wellen ab, als würde er auf einem Snowboard die Hänge hinuntergleiten. Doreen war beeindruckt.

»Du hast mir gestern das Leben gerettet«, sagte sie, als sie sich endlich aus dem nassen Neo geschält hatte und ihn Hinnerk zum Aufhängen überreichte. »Wie kann ich mich dafür bei dir bedanken?«

Die Frage hatte sie sich heute Vormittag überlegt, weil sie dachte, dass es strategisch sinnvoll wäre, den Sprecher der Rüm-Hart-Initiative auf ihre Seite zu ziehen.

»Gar nich. Das war doch selbstverständlich«, meinte Hinnerk knapp und verstaute Surfbretter und Neos im Van. »Oder, doch«, hielt er plötzlich inne und lächelte sie an. »Du könntest mich auf 'ne Portion Muscheln einladen, ich hab einen Bärenhunger!« Um die Dramatik seiner Worte zu unterstreichen, rieb er sich theatralisch mit der Hand über sein beeindruckendes Sixpack.

»Gerne«, sagte Doreen überrascht. »Jetzt gleich?«

»Natürlich!« Er lachte. »In einer Stunde bin ich mit Sicherheit verhungert!«

»Oh …« Doreen war überrumpelt. In T-Shirt und Shorts steckend, und mit noch nassen Salz-Haaren fühlte sie sich gerade gar nicht ausgehfertig.

»Komm, ich nehm dich mit«, rief Hinnerk kurz entschlossen und packte ihr E-Bike in den Bus. Gemeinsam knatterten sie nach Hörnum, wo Hinnerk den Bus direkt am Hafen parkte.

»Hier gibt es die besten Muscheln der Welt!«, sagte er und zeigte auf eine kleine Hütte auf der Mole, an der *Sylter Muscheln Bistro* stand.

Sie nahmen auf der Außenterrasse Platz, wo Hinnerk vom Wirt und den Angestellten herzlich begrüßt wurde. Ohne Doreen nach ihrem Essenswunsch zu fragen, bestellte er die »Krustentiere- und Muschelplatte für zwei Personen« und eine Flasche Grauburgunder.

»Prosit, Frau Hai Class«, scherzte Hinnerk, nachdem ihnen der Wein serviert und eingeschenkt worden war, und stieß sein Glas an Doreens. Hilflos, da eine Alkoholverweigerung ja erstens unhöflich und zweitens uncool wäre, nippte sie einen winzigen Schluck kühlen Wein aus dem beschlagenen Glas, der ihr nach dem anstrengenden Sport in der prallen Sonne sofort zu Kopf stieg und sie mit wohliger

Entspannung durchströmte. Gelockert nahm sie noch einen Schluck – diesmal einen etwas größeren.

Wenig später wurden zwei große Stahlplatten mit Miesmuscheln, Herzmuscheln, Schwertmuscheln, Vongole, überbackenen Austern, Garnelen und kanadischem Hummer aufgetischt. Dazu bekam jeder einen Teller Salat mit Nordsee-Queller sowie Butter und Knoblauchbrot.

»Na, dann lass uns mal reinhauen! Guten Appetit!«, wünschte Hinnerk begeistert, rieb sich die Hände und griff freudig nach einer Miesmuschel.

Geschockt über die unbewältigbar scheinende Essensmenge, pikste Doreen auf ihrem Salatteller herum. Sollte sie eine Meeresfrüchteallergie vortäuschen? Oder einen Magen-Darm-Infekt? Nein, sie konnte jetzt nicht kneifen, wenn sie Hinnerk nicht verprellen wollte. Sie musste da jetzt durch wie durch eine anspruchsvolle sportliche Herausforderung! Routiniert überschlug sie die Kalorien und rechnete ihren vermutlichen Verbrauch hoch. Zum Glück bestanden Meeresfrüchte ja fast ausschließlich aus Proteinen.

»Du musst mit den Händen essen!«, sagte Hinnerk, der ihr Zögern beobachtet und offenbar als Muschelunerfahrenheit interpretiert hatte. »Guck mal: So!« Er benutzte eine leere Muschel als Zange, mit der er das Fleisch aus der nächsten nahm.

»Mhmm, köstlich!« Er legte die Muschelschalen in die Abfallschüssel und leckte sich die Finger ab. »Die Pfahlmuscheln kannst du auslutschen.« Er machte es ihr geräuschvoll vor.

Zögerlich griff Doreen nach einer Miesmuschel und befreite sie mithilfe einer Gabel von ihrem Fleisch, um sie als Zange für die nächste zu benutzen.

»Nicht so genau hingucken! Einfach kauen und runterschlucken!« Er zwinkerte ihr lächelnd zu. »Und genießen!«

Der Tipp war Gold wert: Ohne hinzuschauen, schob Doreen sich mutig das Muschelfleisch in den Mund. Es war köstlich! Würzig und fischig zugleich. Und die Konsistenz war zart und weich. Erst jetzt merkte sie, wie hungrig sie war, und vertilgte in Rekordgeschwindigkeit fünf Muscheln nacheinander.

Sie war so konzentriert aufs Essen, dass sie gar nicht bemerkte, dass Hinnerk sie fasziniert beobachtete.

»Ich finde nichts erotischer als eine Frau, die gerne isst. Das ist pure Sinnlichkeit!«, verkündete er ungefragt und zwinkerte ihr mit vollem Mund schmunzelnd zu.

Irritiert schnappte sie sich die nächste Muschel. Meinte er sie? Wollte er sie anmachen? Und wollte sie denn überhaupt eine sinnliche Frau sein? In jedem Fall feuerten seine Worte ihr Ehrgeizzentrum an. Sie wollte pathologisch immer und überall die Beste sein, deshalb schälte sie nun einen Scampi mit den Händen und zerbrach engagiert eine Hummerschere, um besonders erotisch und sinnlich zu wirken. Das weiße, leicht süßliche Fleisch der Scherentiere war so lecker wie aromatisch. Doreen spülte es enthemmt mit einem Schluck Wein herunter, dessen herbe Süße hervorragend mit der salzigen Würze der Meeresfrüchte korrespondierte. Köstlich!

Doreen leckte sich die Finger ab und registrierte ein

hungriges Blitzen in Hinnerks Augen, das ihr zu ihrem Ärger direkt in den Unterleib schoss.

Er fixierte sie provokativ, und eine für Doreen fast unerträgliche Gesprächspause entstand, in der die Luft vor Spannung vibrierte, wie es ihr vorkam.

»So 'ne Apple Watch hatte ich übrigens auch mal«, erlöste Hinnerk sie aus der Situation und deutete auf ihr Handgelenk. »Hab sie weggeschmissen.«

»Echt?«

»Klar! Ich lass mir doch nicht von 'ner Uhr diktieren, wie ich leben soll!« Er lachte.

Doreen nahm still noch einen Schluck Wein.

»Es gibt sowieso nichts Gesünderes als Sonne, Strand und Meer. Und gutes Essen und guten Wein!« Er hob sein Glas. »Dafür brauche ich keinen Bordcomputer, der mir ständig dazwischensabbelt und meinen Puls verkündet.«

Das waren natürlich alles Binsenweisheiten, trotzdem fruchteten sie irgendwo tief im Inneren von Doreens Seele.

»Ich verstehe sowieso nicht, warum so viele Frauen sich mit Diäten und Selbstoptimierung plagen«, fuhr er weiter fort. »Ich finde üppige Frauen total anziehend! Ich mag es, wenn an Frauen was dran ist – und die meisten meiner Kumpels auch! An diesen Hungerhaken zieht man sich doch nur Splitter!«, befand er. »Das Erste, was man bei einer Diät verliert, ist die gute Laune!« Er grinste sie frech an.

Was wollte er denn damit sagen?, grübelte sie. Würde sie ihm besser gefallen mit etwas mehr Hüftgold? Sie dachte immer, ihr Sixpack wäre sexy …

Moment mal, schreckte sie innerlich auf: Warum wollte

sie Hinnerk denn gefallen? Ihr Blick blieb an seinen sexy urmännlichen Bartstoppeln hängen wie eine Fliege am Honig. Wie sie sich wohl anfühlen würden, wenn man sanft über sie strich ... Oder wenn er sie küsste!

Kreisch!! Ihr inneres Alarmsystem schlug laut an. Sie musste sich dringend zusammenreißen!

»Ich glaube, die meisten Frauen machen Diäten für Frauen«, verkündete er.

»Wie meinst du das?«

»Na, ihr konkurriert gegenseitig um Size Zero und ignoriert dabei vollkommen, dass Männer da gar nicht drauf stehen!«

»Interessant!«, zischte Doreen.

»Bitte entschuldige, mir steigt der Wein zu Kopf«, lächelte Hinnerk und schielte demonstrativ, um seine angebliche Beschwipstheit zu unterstreichen. »Aber die meisten Kerle sprechen auf ganz simple Ur-Reflexe an: Sie reagieren auf Titten, Arsch und Love Handles!«

»Love Handles?«, fragte Doreen.

»Hüftspeck!«, gab Hinnerk zurück. Schon wieder so ein provokativer, direkter Blick in ihre Augen! Doreen wurde rot und hüstelte pikiert. Hoffentlich kam er mit seinen erotischen Offenbarungen allmählich mal zum Ende, bevor es zu unangenehm wurde.

»Warum bist du eigentlich immer so kühl und reserviert?«, fragte er plötzlich. »Und was machst du überhaupt hier auf der Insel?«

»Ich bin Mitglied des Campingvereins Naturfreunde«, log sie und bekam dabei Bauchschmerzen. »Wir versuchen,

Menschen für Biocamping zu interessieren. Morgen Abend stelle ich unser Konzept im Aufenthaltsraum vor. Komm doch auch!«

»Ist das ein Date?« Er schmunzelte frech.

»Äh ...« Ihr Gehirn produzierte nur Leere – und ihr Unterleib Stromschläge. Was war hier los? Was passierte gerade mit ihr? War das Chemie? Alchemie?

»Wie alt bist du eigentlich?«, fragte sie gedankenverloren.

»35, warum?«

»Ach, nur so ...«

Er war acht Jahre jünger als sie, viel zu jung. Sie schlug sich im Geiste auf die Finger, ging es eigentlich noch? Was hatte sie denn hier für Gedankenspiele? Sie konnte sich nicht erinnern, wann sie das letzte Mal eine solche Gefühlswallung erlebt hatte. Immer wenn sie ihn ansah, schien irgendetwas in ihrem Magen zu rumoren. Einfach lächerlich.

»Abstand! Abstand! Abstand!«, schrie ihr inneres Kontrollzentrum, in dem die ganze Zeit schon die Sirenen auf Alarmstufe Rot heulten. Ging es noch klischeehafter? Sich in den jüngeren, extrem gut gebauten Lebensretter verlieben? Nein, so eine profane Geschichte würde ihr ganz sicher nicht passieren. Sie hatte schließlich einen Auftrag zu erledigen!

»Wie alt bist DU denn?«, erkundigte sich Hinnerk.

»43.« Doreen fand es sinnlos, sich jünger zu machen.

»Tolles Alter«, fand er, schob zufrieden seinen Teller beiseite, tupfte sich mit der Serviette den Mund ab und legte sie auf den Tisch.

»Ja? Warum?«, wollte Doreen wissen.

»Erkläre ich dir ein andermal«, sagte er, nachdem er kurz auf seine Uhr gesehen hatte. »Jetzt muss ich los zum nächsten Kurs!«

Doreen winkte nach dem Kellner und zückte ihre Platinkreditkarte. »Die Rechnung, bitte!«, wies sie den herbeieilenden Bediensteten an.

»Es ist schon bezahlt, werte Dame!«, klärte der sie auf.

Hinnerk grinste übers ganze Gesicht.

»Aber ...«, sagte Doreen verdattert.

»Ich lasse mich doch nicht von einer Frau einladen!«

»Ey, das war so nicht abgemacht!« Doreen war ein bisschen verärgert. »Ich wollte mich mit dem Essen doch dafür bedanken, dass du mir das Leben gerettet hast?«

»Ach, das Date mit dir hier war mir schon Dank genug«, sagte er charmant.

Beschwipst und bis zum Platzen vollgefressen schlenderten sie zurück zu Hinnerks Postbus.

»Ich lass dich am Campingplatz raus, liegt auf dem Weg«, sagte er und hielt ihr die Beifahrertür auf. Er fuhr am Hafen entlang und zeigte auf das Budersand-Hotel. »Auch so ein elitäres Getto!«, schimpfte er. »Es ist wirklich schlimm gerade. Die Projekte schießen wie Pilze aus dem Boden, und das meiste kriegen wir gar nicht mit! Das Bauamt und die Behörden sind total korrupt hier. Alle bestochen. Ich möchte nicht wissen, was noch überall so geplant ist. Die Gewinnspanne explodiert ja gerade.« Zornig trat er aufs Gas.

Doreen konnte ihm nicht in die Augen schauen. Es war wirklich ein mieses Spiel, das sie hier trieb …

Erleichtert, der Situation entfliehen zu können, stieg sie am Campingplatz aus. Hinnerk lud ihr Fahrrad ab und gab ihr zum Abschied einen Kuss auf die Wange, der auf ihrer Haut noch lange nachbrannte. Verwirrt radelte sie die schlaglöchrige Straße zum Platz hoch. Erschöpft von ihren ungewohnten Emotionen und viel zu vollgestopft, ließ sie sich auf einen ihrer Klappstühle fallen. Eigentlich wollte sie nur ganz kurz die Augen schließen, um sich wieder zu sammeln, fiel dann aber – müde vom Wein – in einen tiefen Schlaf.

Sie wachte auf, weil sie etwas Warmes, Weiches, Haariges an ihren Füßen spürte. Panisch riss sie die Augen auf – und stieß reflexartig einen Schrei aus. Das schreckte Daisy, die unter ihrem Stuhl lag, derart auf, dass sie aufsprang und dabei Doreen mitsamt Stuhl umriss. Lädiert landete Doreen neben der zitternden, vor Angst hektisch hechelnden Hündin auf der Erde. »Tut mir leid, Süße«, flüsterte Doreen und streichelte dem großen Tier über den Kopf, das sie vollkommen verschreckt ansah, sich durch die Zuwendung aber langsam wieder erholte.

»Ach, hier bist du!«, hörte Doreen plötzlich die Stimme von Stine, die auf sie zuwatschelte und Daisy empört anguckte. »Ich hab dich schon überall gesucht!«

»Sie ist unter meinem Stuhl eingeschlafen«, erklärte Doreen.

»Und du auch?« Stine lachte. »Wie gemütlich! Ich liebe Mittagsschlaf!«

Doreen konnte sich nicht erinnern, jemals in ihrem Leben über Mittag oder Nachmittag eingeschlafen zu sein, musste aber zugeben, dass es sehr angenehm gewesen war.

»So ein Nachmittagsschläfchen ist wie eine Dusche für die Seele, finde ich«, sagte Stine, wuchtete sich auf den freien Klappstuhl und streichelte der großen Hündin über den Kopf, woraufhin die sich auf den Rücken drehte, um sich den Bauch kraulen zu lassen. »Mein Vater sagte zum Mittagsschlaf immer: ›Augen schließen und von innen besehen!‹« Sie lachte. »Bist du mit dem Stricken schon weiter? Du kannst gerne noch Wolle von mir haben.«

»Oh, danke! Nein, ich bin leider noch nicht dazu gekommen.« Benommen klopfte Doreen den Sand von ihrer Jeans.

»Komm, Daisylein«, raffte Stine sich wieder hoch. »Wir wollen mal 'ne Runde gehen.« Das ungleiche Paar machte sich schlurfend auf den Weg. »Sie muss dich sehr mögen! Das macht sie sonst nie. Sie ist sehr menschenscheu«, rief Stine ihr über die Schulter zu.

»Tschüss, Daisy!«, rief Doreen ihr geehrt hinterher. Was war bloß mit ihr los? Jetzt war sie schon stolz, wenn ein traumatisierter Hund sie mochte!

Sie schaute auf die Uhr. Es war schon fast siebzehn Uhr, und sie hatte wieder viel zu viel gegessen – und, noch schlimmer, auch schon wieder Alkohol getrunken! Zur Selbstbestrafung und zum Kalorienabbau verordnete sie sich eine extra lange Joggingrunde am Strand.

Weil es mühsamer und schweißtreibender war, lief sie zur Selbstbestrafung im weichen Sand am Dünenrand des

Strandes. Sie joggte fast bis nach Westerland und machte dann kehrt. 2:34 Stunden zeigte ihre Apple Watch, als sie auf dem Rückweg fast wieder am Campingplatz angekommen war, und vermeldete 1545 verbrannte Kalorien. Das dürfte die schlimmsten Folgen ihrer mittäglichen Entgleisung mit Hinnerk eliminiert haben, überschlug Doreen zufrieden, als sie ein kleines Feuer sah und Ove und Frau Zemke erkannte, die auf einer Decke danebensaßen. Ove hantierte an einem Schwenkgrill herum, der über das Feuer gestellt war. Frau Zemke hatte hochrote Wangen und sah sehr begeistert aus.

»Frau Grüning, na, das ist ja eine Überraschung«, rief sie. »Herr Matthiessen hat mir mit seinem Boot das Makrelenangeln gezeigt und grillt gerade unseren Fang. Wollen Sie auch eine?«

»Nein danke«, winkte Doreen ab. »Ich möchte so schnell wie möglich unter die Dusche. Guten Appetit!« Sie lief weiter und glaubte hinter sich vertrautes Flüstern und Kichern zu hören. Die beiden hatten einen seltsam innigen Eindruck gemacht.

Mit innerem Kopfschütteln ging sie zurück zum Bus – und glaubte, ihren Augen nicht zu trauen: Vor der Schiebetür stand ein Porträt von ihr.

Gemalt von Jupp.

Das Bild zeigte eine Frau im Stil der Mona Lisa oder des Mädchens mit dem Perlenohrring, die ein Geheimnis zu haben schien. Doreen erkannte ihre strengen Gesichtszüge, und doch ließen der Blick ihrer Augen und ein schwer zu fassender Zug um den Mund, eine unbestimmte, eventuell noch nicht gelebte Weichheit erahnen. Doreen erstarrte.

Was hatte der alte Berliner Schwerenöter in ihr erkannt? Wusste er mehr über sie als sie selbst? Sie stellte das Porträt in den Bus und drehte es um. Es war ihr unheimlich.

16

»... und deshalb würden wir uns freuen, wenn möglichst viele von Ihnen unser Angebot wahrnehmen würden!«, schloss Doreen ihren Vortrag im erstaunlich gut gefüllten Gemeinschaftsraum. Verhaltener Applaus ertönte – und auch einige Buhrufe. Schon während ihrer Rede hatten etliche Zuhörer den Raum verlassen.

»Gibt es noch Fragen?«, erkundigte sich Doreen und bemühte sich, möglichst optimistisch und fröhlich zu wirken. Sie hatte sich viel von der Infoveranstaltung versprochen und war mit dem Ziel gekommen, möglichst alle Dauerplatzpächter zum Umzug zu bewegen.

Zuerst hatte sich der Abend auch sehr vielversprechend angelassen. Es waren mehr Zuhörer gekommen als erwartet, sodass der kleine Raum aus allen Nähten platzte. Aber aus irgendeinem Grund war ihr Projekt nicht gut angekommen. Während sie ihren Vortrag hielt, gab es viel Kopfschütteln und Gemurmel:

»... ist doch wieder so ein Schmu ...«

»... gibt bestimmt einen Haken ...«

»... ist garantiert eine Falle ...«

Leider hatten sich ihre Zuhörer nicht wie erhofft für das Projekt beziehungsweise den Verein begeistern lassen, obwohl Frau Zemke fleißig Flyer verteilte und versuchte, Unterschriften und Spenden einzusammeln.

»Und wat soll bei Bauer Clausen nu besser sein als hier?«, lautete die erste Frage aus dem Publikum.

»Die Konditionen!«, lachte Doreen. »Auf dem Biohof müssen Sie ein Jahr lang weder Platzmiete noch Strom zahlen!«

»Und wer bezahlt dat dann?«, rief eine Frau.

»Und warum?«, fragte ein älterer Herr.

»Wir!«, säuselte Doreen lächelnd. »Wie ich bereits in meinem Vortrag gesagt habe, speist sich der Campingverein Naturfreunde aus Spenden und möchte alternative, klimafreundliche und ökologisch sinnvolle Projekte unterstützen. Und neue Mitglieder für alternatives Camping begeistern.«

»Und wo ist der Haken? Da ist doch 'n Haken dran!«

»Es gibt keinen! Außer, Sie finden es nachteilig, ein Jahr lang Ihre Kosten erstattet zu kriegen.«

»Da stimmt doch wat nich!« Die kritische Frau, die Brille, Anorak und Radlerhosen trug, schüttelte zweifelnd den Kopf. »Nix kommt von nix. Es gibt nichts umsonst ...«

Der Raum leerte sich zusehends. Draußen bildeten sich vereinzelt Grüppchen, die sich über das soeben Gehörte berieten.

Frau Zemke tingelte unermüdlich mit ihrem Klemmbrett herum, um Anmeldungen einzusammeln. Besonderen Erfolg schien sie dabei nicht zu haben. Doreen brauchte dringend etwas zu trinken. Ihr Mund war von der langen

Rede wie ausgetrocknet. Sie machte sich auf den Weg zum Noerske, um sich eine Flasche Mineralwasser zu holen, als sie Hinnerk in die Arme lief, der vor dem Eingang stand.

»Hey!«, sagte er.

»Oh, warst du die ganze Zeit dabei?«, entgegnete Doreen überrascht. »Ich habe dich gar nicht gesehen …«

»Ich bin ein bisschen zu spät gekommen. Hab vor dem Eingang gelauscht.« Er betrachtete sie skeptisch. »Was ist das für ein Ding, das du da mit Fiete durchziehst? Irgendwas ist daran nicht ganz koscher, das spüre ich. Für so was habe ich einen Riecher.« Misstrauisch fixierte er sie.

»Dann bist du diesmal aber auf der falschen Fährte«, flötete Doreen so harmlos wie möglich. Was sollte sie auch sonst tun. Sie konnte ihm kaum in die Augen schauen.

»Na, hoffentlich …« Er lächelte schief. »Kommst du noch mit was trinken? Wir setzen uns gleich noch mit ein paar Leuten im Noerske auf die Terrasse.«

»Nein danke!«, lehnte Doreen entschieden ab. Noch weiter lügen zu müssen würde sie heute nicht ertragen. Sie hatte sowieso schon furchtbare Bauchschmerzen wegen der Sache. Und auf gar keinen Fall wollte sie wieder Alkohol trinken und versehentlich etwas essen. »Ich habe noch eine Verabredung«, log sie.

»Ah.« Er sah enttäuscht aus, was Doreens Magen noch ein bisschen mehr zusammenzog. »Schade …«

»Für die nächsten Tage ist leider Ostwind angesagt, aber sobald der Wind wieder auf West dreht, geht der Surfkurs weiter.« Er schenkte ihr ein scheues Lächeln.

»Prima. Dann bis bald!« Es klang kürzer angebunden

und kühler, als sie wollte, aber sie musste aus dieser Situation raus.

»Ja, bis bald ...« Er gab ihr einen Kuss auf die Wange und machte sich auf den Weg zum Noerske.

Mit Stines Hilfe stellte Doreen die Stühle zusammen, sammelte die liegen gebliebenen Flyer ein und ging dann zu Frau Zemke, die sich gerade von einer älteren Dame verabschiedete.

»Na, wie ist die Ausbeute?«, erkundigte sich Doreen und warf einen Blick auf Frau Zemkes Klemmbrett.

»Leider nur sieben Anmeldungen. Der größte Teil möchte noch überlegen«, berichtete sie.

Doreen verabschiedete sich. Sie musste dringend nachdenken. Grübelnd ging sie zu ihrem Bus zurück. Die Sache stagnierte, und ihre Tarnung drohte aufzufliegen. Sie würde sich etwas einfallen lassen müssen – und das sehr schnell. Und sehr effektiv! Ein fiktiver Giftfund auf dem Gelände, sodass alle evakuiert werden müssten? Nein, das würde für viel zu viel Aufregung und Presse sorgen.

Den Umsiedel-Anreiz weiter erhöhen, in dem man noch Biomarkt-Einkaufsgutscheine oder Gratisgasflaschen drauflegte? Auch verdächtig ...

Das Klingeln ihres Handys riss sie aus ihren Überlegungen. Marquardt! Doreen zögerte kurz, drückte dann aber auf den grünen Hörer.

»Guten Abend, Frau Brüning, entschuldigen Sie bitte die späte Störung, aber mein Flieger ist gerade erst in Tokio gelandet«, ertönte Marquardts charmante Bassstimme aus dem Lautsprecher. »Frau Kleiber hat mich darüber informiert, dass Sie heute Abend eine Veranstaltung gehalten haben. Was ist denn dabei herausgekommen? Wie weit sind Sie?«

»Es läuft, aber leider etwas schleppender als geplant«, gab Doreen zu.

»Dann müssen wir jetzt drastischere Maßnahmen ergreifen. Die Zeit rennt uns davon!« Er klang verärgert. Und irgendwie gehetzt.

»Was stellen Sie sich konkret vor?«

»Jeder hat doch irgendwo eine Leiche im Keller, durch die er manipulierbar ist«, polterte Marquardt. »Sexuelle Perversionen, Drogen, Affären, Alkohol, Schulden, Spielsucht – irgendwo hat jeder eine Schwachstelle. Und die müssen Sie finden! Engagieren Sie dazu meinetwegen eine Detektei.«

Erpressung? Doreen glaubte, sich verhört zu haben.

»Was soll ich??« Sie hatte die Worte vor Entgeisterung fast in den Hörer geschrien.

»Sie haben mich schon richtig verstanden, Frau Brüning …« Marquardts Tonfall wurde eisig. »Und sollte tatsächlich jemand eine komplett weiße Weste haben, kann man auch Fallen stellen.«

»Wie meinen Sie das?«

»Ach, Frau Brüning, jetzt tun Sie mal nicht so naiv!« Er lachte. »Einen verheirateten Mann könnte man beispielsweise durch eine Escortdame schwach werden lassen. Wenn es dann entsprechende Fotos gibt – Sie wissen, was ich meine –, hat man ihn in der Hand. Diese Richtung eben.«

Doreen wurde übel. Sie konnte nicht fassen, was sie da hörte. Was ihr sonst so seriöser Chef ihr da vorschlug.

»Aber Herr Marquardt, wenn das rauskommt ...«, stammelte sie und rang um Fassung.

»Das lassen Sie mal meine Sorge sein! Finden Sie einfach die Schwachstellen – den Rest besorgen wir.«

Doreen mochte sich gar nicht vorstellen, wer in diesem Fall »wir« war.

»Ja, aber dazu bin ich doch gar nicht befähigt, Herr Marquardt. Ich bin Hotelmanagerin!«

»Ja, und Sie wollen doch gerne noch höher hinaus, nicht wahr?«

»Schon ...«

»Dann werden Sie doch wohl nicht an dieser Aufgabe scheitern?« Er machte eine Pause. »Wir haben hohe Erwartungen an Sie ...«

Das klang so drohend, dass Doreen schluckte.

»Und große Pläne ...«

»Und wenn das nicht funktioniert?«

»Dann müssen Sie Stufe zwei zünden!«

»Und die wäre?«

Er räusperte sich. »Wenn alles nichts hilft, hilft in der Regel Geld. Jeder hat eine Summe, bei der er schwach wird.«

»Bestechung?«, krächzte Doreen mit zugeschnürtem Hals.

»Wenn Sie es so nennen wollen ... Ich würde es eher als freundliches Entgegenkommen bezeichnen.« Er lachte so dreckig wie ein Gangsterboss. »Es ist viel zu viel Geld im Spiel, liebe Frau Brüning, das wissen Sie doch. Wir können nicht zulassen, dass das Projekt gefährdet wird. Geben Sie sich ein bisschen Mühe, ja? Ich erwarte Ihren Bericht in drei Tagen!«

»Ich werde sehen, was ich tun kann«, beendete Doreen das Gespräch. Ihr war plötzlich eiskalt. Sie kam sich vor, als wäre sie über Nacht in einen ultrafiesen Erpressungskrimi geraten. Paralysiert stolperte sie in den Bus. Sie musste sich dringend beruhigen. Einen Tee kochen vielleicht? Oder ausnahmsweise mal ein Glas Rotwein trinken? Am besten erst mal Yoga machen, beschloss sie, um das Adrenalin wieder aus dem Körper zu bekommen.

Die Sonne ging schon unter, als sie am Strand ihre Übungen machte. Das Meer glitzerte grün, und der Himmel leuchtete in allen Schattierungen von Lila, Rosa und Flieder. Was für ein wunderschönes Fleckchen Erde diese Insel doch war. Stand sie wirklich auf der richtigen Seite? Wollte, sollte sie wirklich dazu beitragen, dass noch mehr dieser einmaligen Natur zerstört wurde? Und dass ein weiterer Abschnitt der Insel nur noch Millionären zugänglich wurde? Wo würden Stine, Ove, das Noerske-Team und die Dauerstellplatz-Bewohner denn dann bleiben? Müssten sie aufs Festland umziehen? Ove auf dem Festland – bei dem Gedanken wurde ihr ganz anders …

Angst, Wut, Verzweiflung, Ratlosigkeit – das waren die Gefühle, die in ihrem Inneren gegeneinander kämpften. Angst vor ihrer Zukunft und dem Auftrag von Marquardt, Wut über dessen Skrupellosigkeit und ihre Hilflosigkeit,

Verzweiflung über die Klemme, in der sie sich befand – und Ratlosigkeit darüber, was sie nun tun sollte.

Um den inneren Konflikt niederzukämpfen, wechselte sie die Positionen immer schneller, bis sie nicht mehr konnte. Ihr Puls raste, der Schweiß rann ihr die Stirn hinunter, und sie schnappte nach Luft. Erschöpft ließ sie sich in den noch warmen Sand fallen. Was konnte sie jetzt machen? Sollte sie tatsächlich eine Detektei beauftragen und in den Lebensgeschichten der Stammplatzpächter herumschnüffeln? Oder sollte sie den Auftrag verweigern und ihre Karriere aufs Spiel setzen? Nachdenklich schaute sie auf den Horizont. Am dunkler werdenden Himmel begannen die Sterne zu leuchten.

Während sie langsam zurückging, spielte sie ihre Optionen durch. Wofür stand sie? Wofür wollte sie stehen? Was war ihr wirklich wichtig? Es war offenbar an der Zeit für eine innere Zäsur. Bis jetzt hatte sie durchgezogen und gehofft, dass sich die Sache einfach lösen ließe. Und sich insgeheim vorgenommen, am Ende zumindest für ein wirklich ökologisches Konzept zu sorgen ... Aber nun war sie sich alles andere als sicher, dass sie auf der richtigen Seite stand. Bestechung und Erpressung waren kriminell – und das wollte sie ganz sicher nicht sein. Und auch nicht werden. Und sie war ziemlich schockiert, dass ihr Arbeitgeber dabei anscheinend keine Skrupel hatte.

Tief in Gedanken holte sie ihre Kulturtasche und Handtücher aus dem Bus und machte sich auf den Weg zu den Sanitärräumen. An die marode Umgebung hatte sie sich mittlerweile gewöhnt, und die heiße Dusche war herrlich und wohltuend wie immer. Mit geschlossenen Augen ließ sie das weiche, warme Nass ihren Kopf massieren und ihren Rücken streicheln. Sie war in ihrer Kindheit doch auch mit wenig ausgekommen und hatte gelernt, auch über die simpelsten Dinge glücklich zu sein. Sie hatte immer gedacht, dass diese »Entbehrungen« einen Mangel in ihr hervorgerufen hätten, der nur durch Überkompensation wieder auszugleichen wäre. Aber vielleicht war das ganz verkehrt? Die Dusche in den Sanitärräumen oder ihr bescheidenes Bett im Bus, die Grillwürstchen neulich am Strand, die schlafende Daisy auf ihren Füßen, die leckeren Muscheln und das blitzende Lächeln in Hinnerks Gesicht – all das hatte sie so glücklich gemacht wie lange nichts mehr. Der Luxus, der sie in Hamburg umgab, ihr gut bezahlter Job, ihr durchstrukturierter Tag – all das schien ihr dagegen plötzlich seltsam fad.

Im Bademantel, ein Handtuch um die nassen Haare gewickelt, ging sie über den nächtlichen Zeltplatz zurück zum Bus. Gemütliches orangefarbenes Licht schimmerte hinter den Scheiben der Wohnwagen, Leute saßen bei Kerzenschein draußen, Musik schwebte durch die laue Luft, entferntes Lachen war zu hören. Doreen hatte ein schmerzhaftes Ziehen im Magen. Sie konnte diese unschuldige Gemeinschaft, diese Idylle hier, nicht verraten! Die Tage auf dem Campingplatz hatten ihr in vielerlei Hinsicht die Augen geöffnet.

Sie machte sich bettfertig, kuschelte sich in die Kissen und ließ durch die geöffneten Seitenfenster die herrliche Nordseeluft hereinwehen. Sie musste an ihre Mutter und ihre Schwester denken. Ihre Kindheit war zwar sehr entbehrungsreich gewesen und Erika als Mutter eine Vollpleite, aber sie hatte ihren Kindern trotzdem Werte vermittelt und ihnen Moral und Anstand eingebläut. Lügen, Betrügen, Gewalt – das waren absolute Tabus. Wie sollte sie ihrer Familie je wieder unter die Augen treten können, wenn sie diese Ideale nun über Bord warf?

Nein, sie würde sich nicht selbst verraten! Und wenn sie dafür gekündigt werden würde oder zurück an die Rezeption versetzt. Auf krummen Wegen wollte sie keine Karriere machen.

Um kurz vor Mitternacht hatte sie einen Beschluss gefasst: Sie würde die Bestechung oder Erpressung verweigern!

Beruhigt, eine klare Entscheidung getroffen zu haben, fiel sie in einen unruhigen Schlaf.

17

Sie erwachte schon im Morgengrauen, aber nach ihrem nächtlichen Beschluss ging es ihr deutlich besser. Gähnend öffnete sie die Schiebetür, um einen ersten Kaffee in der Morgenröte zu trinken, und stolperte dabei über einen schwarzen Fellberg, der direkt vor ihrer Tür lag.

Daisy! Sie hatte offenbar vor dem Bus übernachtet.

»Mäuschen«, rief Doreen so reflexartig wie gerührt. »Was machst du denn hier?«

Die große Hündin öffnete müde ihre hellbraunen Augen und schaute sie fragend an. Doreen streichelte ihr über den flauschigen Kopf, bereitete sich auf dem Gaskocher einen Kaffee zu und setzte sich dann mit dem dampfenden Becher zu ihr. Daisy war über die Gesellschaft offenbar so zufrieden, dass sie sich lang ausstreckte, zufrieden brummte und wieder einschlief.

Komisches Tier, dachte Doreen, was die wohl an ihr fand? Wie schön aber, dass Stine sie fast jeden Abend, nachdem Daisy ein ausgiebiges Bad im Meer genossen hatte, in der »Hundewaschanlage« abduschte und von Sand und

Salz befreite. Dadurch hatte die Hündin ein sehr glänzendes, fluffiges und vor allem sauberes Fell.

Nachdem sie ihre Morgengymnastik absolviert hatte, beschloss Doreen, an den Strand zu gehen, ein bisschen zu spazieren und eventuell zu schwimmen, um einen klaren Kopf zu bekommen und die nächsten Schritte zu planen. Sie knotete ihren Bademantelgürtel an Daisys Halsband und brachte die Hündin zu der überraschten Stine.

»Ich hatte mich schon gewundert, wo sie ist. Sie scheint ja ganz verliebt in dich zu sein!«, lächelte Stine und nahm Daisy wieder in Empfang, die sich sofort in ihre Ecke hinterm Tresen legte. »Du musst ein gutes Herz haben – Tiere spüren so was.« Mit diesen Worten watschelte Stine zurück hinter ihren Tresen, wo das Telefon klingelte.

Es war noch ziemlich frisch und auch leicht bewölkt, deshalb legte Doreen ihre Schwimmpläne erst mal ad acta und spazierte am Meeressaum Richtung Rantum. Tief in Gedanken versunken, bemerkte sie die junge Frau zunächst gar nicht, die hinter ihr joggte.

»Hey, Doreen«, begrüßte sie sie freundlich, als sie sie einholte.

»Mareike«, rief Doreen überrascht. »Hey! So früh schon unterwegs?«

»Ja, klar! Heute ist Samstag, da haben wir Gästewechsel und ab fünfzehn Uhr ist jede Menge zu tun.«

»Verstehe.«

»Ich will gleich in die Strandsauna. Hast du auch Lust?« Sie zeigte auf eine kleine Blockhütte, die in ein paar Hundert

Metern Entfernung am Strand stand. »Ist bestimmt noch total leer und echt super erfrischend!«

»Ich habe doch gar keine Handtücher dabei«, versuchte Doreen sich herauszuwinden.

»Die kann man da leihen«, belehrte Mareike sie resolut.

»Ich habe aber auch kein Geld.«

»Das kann wiederum ich dir leihen«, lachte Mareike. »Los, komm! Du wirst es nicht bereuen! Versprochen!«

Keine Widerrede duldend, hakte sie sich bei Doreen ein und zog sie den Strand hoch zur Hütte.

Wenig später fand Doreen sich nackt in einer neunzig Grad heißen finnischen Sauna wieder und blickte aufs Meer. Mareike hatte vollkommen recht gehabt: Die Hitze war herrlich wohltuend und entspannend für ihre wunden Nerven und ihren vom gestrigen Marathon noch ziemlich überanstrengten Körper.

»Jetzt kommt das Beste«, schwärmte Mareike, als sie die Sauna verließen und dampfend im Innenhof standen.

»Folge mir einfach!« Sie warf ihr Handtuch über einen Ständer, rannte vollkommen nackt über den Strand und warf sich juchzend ins Meer.

Zögernd überlegte Doreen, was sie machen sollte. Den Bademantel anziehen und die Fußspitze ins Wasser halten?

»Komm!«, rief Mareike aus dem Wasser und winkte ihr aufgeregt zu.

Und endlich schaltete Doreen ihren Kopf aus und rannte los – nackt, dampfend und schweißüberströmt. Sich derart erhitzt in die kühle Nordsee fallen zu lassen war tatsächlich ein völlig neues Lebensgefühl. Das Wasser überall an ihrer Haut zu spüren und nackt, wie der Himmel sie geschaffen hatte, im Meer zu schwimmen war das ultimative Gefühl von Freiheit. Doreen schloss verzückt die Augen und ließ sich mit ausgebreiteten Armen treiben. Was für ein Genuss! Und wieder so simpel!

Mit dieser Erkenntnis stieg sie aus dem Wasser und bemerkte zu ihrer Überraschung, dass ihr überhaupt nicht kalt war. Der Wechsel von heiß zu kalt hatte ihren Kreislauf derart angeregt, dass sie es herrlich fand, vollkommen unbekleidet noch ein paar Schritte am Meeressaum zu spazieren.

»Na, zu viel versprochen?«, zwinkerte Mareike ihr zu, die Doreens verzückten Gesichtsausdruck wissend registriert hatte.

»Nein«, gab Doreen zu. »Es ist wirklich großartig! Vielen Dank, dass du mich überredet hast.«

»Gern geschehen!«

Durch den körperlichen Genuss vollkommen losgelöst von ihren weltlichen Problemen, ließ Doreen sich auch noch zu einem altmodischen, aber unfassbar leckeren Filterkaffee mit echter Sahne überreden – und einem zweiten Saunagang.

Es war schon nach eins, als sie wieder am Bus ankam und sich erschöpft aufs Bett fallen ließ, um sich kurz zu erholen. Es dauerte keine zwei Sekunden, und sie war bei offener Schiebetür, durch die eine erfrischende Brise hereinwehte, eingeschlafen.

Sie wachte wieder auf, weil etwas an ihrer Nase kitzelte. Sie öffnete die Augen – und sah schwarz! Daisy war lautlos in ihr Bett geklettert und schlief ruhig atmend, auf den Rücken gedreht, an ihrer Seite. Statt sich über Dreck und Fell in ihrem Bett zu ärgern, war Doreen gerührt. Die Hündin schien tatsächlich einen Narren an ihr gefressen zu haben, obwohl sie eigentlich gar nichts für Tiere übrighatte und ganz sicher kein Hundetyp war.

Mechanisch schaute Doreen auf ihre Uhr: Schon fast vier! Sie hatte drei Stunden geschlafen! Benommen kletterte sie aus dem Bett, bemüht, Daisy nicht zu wecken.

Ihr Blick fiel auf das Strickzeug. Reflexartig griff sie danach, setzte sich vor den Bus und fing mechanisch an, Maschen zu verknüpfen. Das monotone Klackern der Nadeln beruhigte sie und half ihr, über die nächsten Schritte zu grübeln:

Sie würde die Stammplatzpächter weder bestechen noch bedrohen, noch erpressen. So weit, so gut. Aber was dann? Bis jetzt hatte sie lediglich sieben Anmeldungen – und die auch nur unter Vorbehalt. Innerhalb der nächsten beiden Tage, die laut Marquardts Fristsetzung noch blieben, würde sie auf keinen Fall sämtliche Pächter zur freiwilligen Kündigung überreden können. Also blieb ihr nur die Flucht nach vorn: Sie würde die Arschbacken zusammenkneifen, den Rücken grade machen müssen und Marquardt gestehen, dass sie für kriminelle Vorgehensweisen nicht zur Verfügung stand. Und was würde dann passieren? Würde jemand anders ihren Job übernehmen? Würde Marquardt sie feuern? Konnte er das überhaupt nach der langen Zeit, die sie für die Parisienne-Gruppe nun schon tätig war? In jedem Fall würde sie New York oder Dubai erst mal vergessen können …

»Hey, hat sich das freche Ding wieder bei dir verkrochen?« Eine gut gelaunte Stine tauchte vor ihr auf und zeigte auf Daisy, die durch ihre Stimme soeben aufwachte und wedelnd aus dem Bus sprang, um schuldbewusst Stines Hand abzulecken.

Ächzend ließ Stine sich ungefragt auf den freien Stuhl fallen. »Boah, war das stressig heute«, seufzte sie. »So viele Check-ins! Ich bin fix und fertig! Hast du vielleicht einen Schluck Wein für mich?«

»Tut mir leid, ich trinke kaum Alkohol«, verneinte Doreen.

»Schade! Aber wenigstens hast du mit dem Stricken angefangen.« Stine deutete mit dem Kopf zufrieden auf Doreens Strickzeug. »Sieht gut aus! Wird das ein Schal?«

»Ich glaube schon ...« Doreen hatte sich noch nicht besonders viele Gedanken über ihr blau-beige gestreiftes Werk gemacht. Hauptsache, es wurde mehr und ihre Hände waren beschäftigt.

»Für dich?«

»Für wen sonst?«, konterte Doreen.

»Das weiß ich doch nicht, Mädel!« Stine lachte. »Stille Wasser sind ja bekanntlich tief! Vielleicht schlägt ja längst jemand große Wellen darin.« Sie zwinkerte ihr verschwörerisch zu. »Warte mal kurz«, sagte sie plötzlich. »Ist gerade so gemütlich hier. Ich hol uns jetzt mal ein Getränk. Hier kriegt man ja einen ganz trockenen Hals.« Sie erhob sich ächzend und watschelte davon. Daisy folgte ihr.

Doreen überlegte kurz, an den Strand zu flüchten, blieb dann aber sitzen und strickte weiter. Masche für Masche, so wie auch das Leben Schritt für Schritt voranging. Kurze Zeit später kam Stine mit einem Korb unter dem Arm zurück.

»Voilà!«, strahlte sie, breitete ein weißes Tuch auf dem Tisch aus und platzierte darauf diverse Töpfe, Geschirr, Besteck, Stoffservietten und Schüsseln. »Als Vorspeise gibt es eine Kürbis-Sanddorn-Suppe mit Salbei und Belugalinsen. Als Hauptgericht haben wir den Pulpo Noerske: Sous vide gegarter Pulpo mit Garnelen an buntem Gemüse im Chili-Limettensud.«

Doreen lief das Wasser im Munde zusammen.

»Und zum Nachtisch machen wir uns über die Knusperschokoladenwindbeutel mit Mousse her!« Stine blickte stolz auf den vollen Tisch und grinste wie ein Honigkuchenpferd.

»Und den gibt's natürlich auch noch«, sagte sie und stellte eine Flasche Rotwein und zwei Gläser auf den Tisch. »Ich hoffe, du hast Hunger!« Sie setzte sich und breitete eine Stoffserviette über ihrem Schoß aus.

Der Duft der Gerichte stieg Doreen in die Nase, und ihr Magen begann direkt zu knurren. Erst jetzt merkte sie, wie ausgehungert sie war. Sie hatte seit ihrem mageren Frühstück und den Saunagängen ja auch überhaupt nichts mehr gegessen. Gierig langte sie zu und war vollkommen umgehauen von den interessanten Aromen und Geschmacksnuancen. »Köstlich!«, strahlte sie mit vollem Mund.

»Ja, mein Sohn kann was«, nickte Stine stolz. »Ist nur nicht so gut für meine Figur.« Sie streichelte sich über ihren voluminösen Bauch.

»Ach was«, winkte Doreen ab. Eine dünne Stine schien ihr absolut unvorstellbar. Und hatte Hinnerk nicht gesagt, er möge es viel lieber, wenn an Frauen etwas dran sei? Mit dieser Absolution lud sie sich noch mal auf.

»Hier, du musst unbedingt einen Schluck von diesem genialen Wein dazu nehmen!«, befahl Stine, schenkte ihr ein großzügiges Glas ein und stieß mit ihr an.

Was soll's, dachte sich Doreen und nahm einen großen Schluck, der sich nach Backpflaumen, Tabak und Kirschen schmeckend, in ihrem Mund ausbreitete. Wenn ihre Karriere sowieso gerade den Bach runterging, konnte sie genauso gut auch mal fünfe gerade sein lassen.

»Wie lange arbeitest du eigentlich schon hier?«, erkundigte sie sich bei Stine, und ihr fiel auf, dass sie sich eigentlich nie wirklich für andere Menschen interessiert hatte. Was fühlten sie? Was waren ihre Träume und Ziele? Was war ihre Definition von Glück? Eine so warmherzige Person wie Stine hatte es doch wirklich verdient, dass man ihr Aufmerksamkeit entgegenbrachte.

»Erst seit einem Jahr«, antwortete Stine und schob sich eine Portion des köstlich knusprigen Pulpos in den Mund. »Bin vorher kreuz und quer durch die Welt getingelt und hab mal hier und mal da gejobbt. Aber als Tjerk dann hier angefangen hat, hat er mich hergeholt.« Sie lächelte voller Liebe in Gedanken an ihren Sohn.

»Und findest du es schön hier? Wirst du bleiben? Oder zieht es dich wieder in die Welt?« Doreen schob den leeren Teller von sich. Sie war pappsatt.

»Superschön, ja! Ich habe schon so viele Traumziele auf dieser Erde gesehen, aber Sylt ist wirklich etwas Besonderes.

Muss ich schon sagen.« Sie schenkte sich noch mal nach, die Flasche war schon zu drei Vierteln leer.

»Um noch mal auf deinen Schal beziehungsweise die Liebe zurückzukommen«, wechselte Stine mit glasigen Augen und hörbar schwerer Zunge das Thema. Sie tupfte ihren Mund mit der Serviette ab und legte sie dann neben ihren ebenfalls geleerten Teller. »Ich habe in meinem Leben schon so viel durchgeknattert, Schnucki!«, sagte sie. »Ich war bei Bhagwan und habe nackt getanzt, gebumst, meditiert und gefastet. Ich war tief im Amazonasurwald und habe dort unter Aufsicht eines Schamanen die Erkenntnisdroge Ayahuasca genommen. Ich war im Himalaja und habe mit tibetischen Mönchen gesprochen. Ich habe etliche Therapien und Seminare hinter mir.« Sie schaute Doreen ernst an. »Was ich damit sagen will: Ich kann Menschen mittlerweile sehr gut lesen! Und in deinen Augen sehe ich, dass du sehr verletzt worden bist.« Sie nahm einen Schluck Wein. »Ich vermute mal, dass du schon sehr früh Verantwortung übernehmen musstest. Aber glaub mir: Du setzt auf die falschen Werte! Disziplin, Karriere, Diät, Sport, gesunde Ernährung, Kalorienentzug – alles schön und gut. Kann man machen oder auch nicht. Aber was du wirklich brauchst, am dringendsten brauchst, und das Einzige, was dich glücklich machen wird, ist Liebe!« Sie fixierte Doreen eindringlich – und dennoch sehr liebevoll. »Erst mal die Liebe zu dir selbst, dann die Liebe zum Leben – und als Krönung die Liebe zu einem anderen Menschen.«

Wow! Das saß! Doreen musste schlucken – und dann traten ihr die Tränen in die Augen, und sie fing an zu schluchzen. Wie eine Flutwelle brach all die Enttäuschung und Verletzung der Vergangenheit aus ihr heraus.

Stine nahm sie in den Arm, drückte sie an ihren dicken Busen, streichelte sanft ihren Kopf und flüsterte: »Ach, meine Süße, das wird schon! Du hast ein gutes Herz. Das spüre ich!« Sie trocknete ihr die Tränen von der Wange und strahlte sie an. »Und Daisy spürt es auch! Sonst fände sie dich nicht so toll!« Sie gab ihr einen Kuss auf die Wange und ließ sie los. »Und jetzt muss ich mich leider vom Acker machen. Ich hab noch jede Menge Bürokram zu erledigen.« Sie räumte Geschirr und Töpfe zurück in den Korb, leerte ihr Glas und verabschiedete sich.

»Und immer dran denken«, rief sie Doreen beim Wegwatscheln über die Schulter zu: »Jeder ist seines Glückes Schmied – aber nicht jeder hat ein schmuckes Glied.«

Doreen musste lachen und blieb so vollgefressen wie aufgewühlt zurück. War sie tatsächlich so leicht zu durchschauen? Waren ihre Defizite, ihre Wunden so offensichtlich? Hatten alle disziplinierten Menschen einfach nur Angst vor Kontrollverlust, waren also durch irgendetwas traumatisiert? Waren nur die Lebenslustigen, die weder aufs Geld noch auf Statussymbole, Karriere oder Kalorien schauten, seelisch gesund?

Sie trank den letzten Schluck Wein aus ihrem Glas und ließ ihren Blick über den Abendbetrieb des Campingplatzes schweifen, der das nun schon gewohnte Bild zeigte: Frauen trugen Plastikkörbe mit Geschirr zum Sanitärbereich, andere schlurften im Bademantel zu ihren Parzellen zurück, Jungs spielten Federball, Mädchen übten Tanz-Choreografien, der Geruch von Gegrilltem und Gekochtem hing in der Luft.

Hinnerk kam ihr in den Kopf. Hinnerk, der sie lockte und ängstigte zugleich. Wenn sie ihm begegnete, lief eine körperliche Reaktion ab, auf die sie keinerlei Einfluss hatte und die unabhängig von ihren seelischen Wunden und ihrem Problem, Nähe zuzulassen, war. Es war chemisch. Sie fühlte sich von ihm angezogen und begehrte ihn ganz eindeutig. Aber gleichzeitig hatte sie auch furchtbare Angst, sich die Finger zu verbrennen. Angst, sich auf ihn einzulassen. Angst, verletzt zu werden.

Sie dachte an ihre Kindheit zurück. Vielleicht war das Abgrenzen, die totale Umkehrung ja auch der falsche Weg? Vielleicht musste sie zurück zu ihren Wurzeln? Vielleicht musste sie ihre Mutter, ihre Kindheit, nicht mehr hassen und ablehnen – sondern sich versöhnen? Sie nahm sich vor, Erika mal wieder anzurufen, und wollte gerade aufstehen, um sich einen Tee zu machen, als sie Frau Zemke am Bus vorbeischlendern sah. Sie wirkte seltsam geistesabwesend und hatte Doreen offenbar gar nicht bemerkt.

»Hallo, Frau Zemke!«, rief sie deshalb.

Die zuckte erschrocken zusammen. »Oh, hallo, Frau Grüning. Ich habe Sie gar nicht gesehen.« Sie trat zum Tisch, und Doreen bemerkte, dass sie seltsam entrückt aussah. Und sehr rote Wangen hatte.

»Geht es Ihnen gut?«

»Ja, sehr sogar.« Sie lächelte verzückt. »Der Herr Matthiessen ... Ich hätte nicht gedacht, dass mir das noch mal passiert. Ich bin ganz verwirrt.«

»Oh …« Mehr fiel Doreen dazu nicht ein. Zu überrascht war sie von dieser unerwarteten Offenbarung.

»Bitte entschuldigen Sie. Ich muss mich dringend sammeln. Gute Nacht!« Frau Zemke eilte weiter zu ihrem Zelt, ein Lächeln auf dem Gesicht.

»Gute Nacht!«, rief Doreen ihr hinterher. Sie sah auf ihre Uhr. Es war kurz nach 21 Uhr. Zeit, Nägel mit Köpfen zu machen. Kurz entschlossen wählte sie Marquardts Handynummer. Er hatte sie gestern ja auch abends noch angerufen.

Eine Frauenstimme nahm ab. »Ja, bitte?«

»Grüning, guten Abend! Ist Herr Marquardt zu sprechen?«

»Nein, er befindet sich aktuell im Flieger nach Dubai«, vermeldete die Dame am anderen Ende der Leitung.

»Und Sie sind?«, erkundigte Doreen sich frech.

»Seine Frau.« Das klang deutlich pikiert. »Und Sie?«

»Doreen Grüning. Ich bin die Managerin des Parisienne in Hamburg. Könnten Sie ihm bitte bestellen, dass ich die angestrebten Ziele leider nicht erreicht habe. Es ist wichtig!«

»Gern, Frau Grüning.«

Doreen beendete das Gespräch und fühlte sich seltsam erleichtert. Der Stein war ins Rollen gebracht. Mal sehen, wie Marquardt nun reagieren würde.

Sie machte sich in den Sanitärräumen bettfertig und stellte bei ihrer Rückkehr in den Bus fest, dass Daisy sich vor dem Bett zusammengerollt hatte, offenbar fest entschlossen, erneut bei ihr zu übernachten.

In einem ersten Impuls wollte Doreen sie wecken und rausschmeißen, beschloss dann aber, dass es vielleicht eine gute Übung wäre, zuzulassen, dass ein anderes Wesen im selben Raum schlief.

Sie löschte das Licht, wünschte Daisy eine gute Nacht und versuchte, sich auf deren ruhiges Atmen zu konzentrieren.

Sie fühlte sich beklommen, weil sie zunächst nicht wagte, sich zu bewegen, um sie nicht aufzuwecken, zwang sich dann aber, sich nicht einzuschränken und sich stattdessen auf das Gefühl der Verbundenheit und Geborgenheit einzulassen, das der Hund im Bus verbreitete.

Gegen Morgengrauen schlief sie endlich ein.

18

»Ich muss mit Ihnen reden!«

Frau Zemke fiel fast der Kaffeebecher aus der Hand, als Doreen sich um 7:30 Uhr vor ihrem Frühstückstisch aufbaute. Die Sekretärin saß im Morgenmantel beim ersten Kaffee und war weder geschminkt noch frisiert. Ihre langen Haare fielen ihr über die Schulter. Es war das erste Mal, dass Doreen sie mit offenem Haar sah. Wie mädchenhaft sie dadurch wirkte …

»Also wenn es wegen Ove ist …«, stotterte Frau Zemke ängstlich.

»Nein, nein«, beschwichtigte Doreen. »Ihr Privatleben geht mich nichts an, und ich freue mich für Sie. Es geht um unser Projekt. Darf ich mich setzen?«

»Ja, gerne. Möchten Sie einen Kaffee?« Eifrig sprang Frau Zemke auf.

»Nein danke. Bitte setzen Sie sich wieder!« Sie schaute ihre Sekretärin ernst an. »Es gibt da ein Problem …«

Frau Zemkes Augen wurden immer größer, und ihr Gesichtsausdruck entsetzter, als Doreen sie in die eigentlichen Pläne von A&P einweihte.

»Aber das geht doch nicht! Das gibt es doch nicht!«, rief Frau Zemke restlos schockiert. »Wenn ich das gewusst hätte, hätte ich Sie niemals unterstützt!« Enttäuscht schaute sie Doreen an. »Wie konnten Sie so etwas mitmachen?«

»Ich weiß es auch nicht.« Doreen hob entschuldigend die Hände. »Ich dachte zunächst, es wäre ein schönes Projekt. Ich kannte ja weder die Insel noch war mir klar, wie viel Natur dadurch zerstört werden würde.«

»Und die Stammplatzpächter? Waren die Ihnen ganz egal? War der Biohof auch nur ein Fake?« Ihre sonst so sanftmütige Sekretärin sah plötzlich sehr zornig aus.

»Nein, das hätte die Firma tatsächlich bezahlt«, beschwichtigte Doreen. »Allerdings nur ein Jahr lang. Und ob Bauer Clausen danach Dauerstellplätze vergeben hätte, weiß ich ehrlich gesagt nicht.«

»So eine Sauerei!«, fand Frau Zemke. Sie sah sehr erschüttert aus. »Und was machen wir nun?«, fragte sie nach kurzem Zögern.

»Ich weiß es nicht ... Ich habe Herrn Marquardt gestern Abend noch mitgeteilt, dass ich für die Kündigung der Dauerpächter nicht mehr zur Verfügung stehe.«

»Gut so!« Frau Zemke hob ihren Daumen.

»Ich werde erst mal meine Sporteinheit absolvieren«, beschloss Doreen und erhob sich. »Ich muss nachdenken.«

»Tun Sie das!« Frau Zemke erhob sich ebenfalls und begann, ihr Geschirr zusammenzuräumen.

»Um Himmels willen, wenn Ove das erfährt«, hörte Doreen Frau Zemke ängstlich murmeln, als sie zurück zum Bus ging, vor dem die Langschläferin Daisy lag.

Doreen absolvierte eine lange, schweißtreibende und wegen des weichen Sandes sehr anstrengende Joggingrunde einmal um die Hörnumer Odde, der immer drastischer vom Meer verschluckten Südspitze der Insel. Als sie zurück zum Campingplatz kam, sah sie schon von Weitem, dass es einen Riesentumult vor der Rezeption gab. Während sie sich näherte, hörte sie lautes Geschrei, aufgebrachte Satzfetzen und empörtes Geschimpfe. »Frechheit!« »Unverschämtheit!« »Schweine!« »Kapitalistenpack!« »Verklagen!« »Gericht!«

In der empörten Menschenmenge entdeckte sie Frau Zemke und Ove, die energisch mit einigen anderen diskutierten.

»Was ist denn hier los?«, erkundigte Doreen sich bei Frau Zemke.

»Herr Marquardt hat heute Morgen offenbar in der Rezeption angerufen, die Belegschaft entlassen und fristlose Kündigungen für die Dauerpächter angedroht. Seitdem ist hier die Hölle los. Die Leute sind außer sich!«

Wie zum Beweis arbeitete sich in diesem Moment eine vollkommen aufgelöste Stine durch die Menge, mit hektischen Flecken im Gesicht und rot verheulten Augen. Sie nickte Doreen nur kurz zu und wandte sich dann an Ove.

»Wir müssen was tun, Ove! Das können wir so auf gar keinen Fall akzeptieren! Lass uns für heute Nachmittag eine Krisensitzung im Aufenthaltsraum einberufen, okay?«

»Okay«, brummte er und strich ihr beruhigend über den Rücken, worauf sie erneut in Tränen ausbrach.

»Ich muss zu Tjerk«, sagte sie schniefend und schob sich durch die Menge in Richtung Noerske.

Frau Zemke warf Doreen einen vorwurfsvollen Blick zu.

Doreen nahm sie am Arm und zog sie aus der Menge. »Haben Sie nähere Informationen?«, flüsterte sie ihr fragend ins Ohr.

»Ich weiß nicht viel, nur dass Marquardt heute früh wohl die ganze Führungsetage zusammengebrüllt hat«, flüsterte Frau Zemke zurück. »Und was er über Sie gesagt hat, soll nicht sehr freundlich gewesen sein. Jedenfalls hat er von der Rechtsabteilung dann die Kündigungen und Entlassungen losschicken lassen.«

»Unglaublich!«, schnaubte Doreen empört. »Was für eine Frechheit. Das können wir ihm so nicht durchgehen lassen!«

»Nein, das sollten wir nicht«, stimmte Frau Zemke mit schwacher Stimme zu. Aber es klang nicht so, als ob sie daran glaubte, wirklich etwas ausrichten zu können.

Doreen lief geschockt zurück zum Bus. Dass Marquardt wirklich so weit gehen könnte – und das auch noch so schnell –, hatte sie nicht erwartet. Der Anblick der verheulten Stine schoss ihr durch den Kopf, und ihr Magen krampfte sich zusammen. Daran war sie schuld! Sie, Doreen Grüning, ganz alleine! Sie hätte schon viel früher das Ruder rumreißen müssen. Wie hatte sie diese ganzen tollen und vollkommen arglosen Menschen derart in die Falle rasseln lassen können?

Die Campingplatzcrew setzte sich aus den nettesten und

liebevollsten Charakteren zusammen, die sie jemals kennengelernt hatte. Sie hatten sie vorurteilsfrei und empathisch aufgenommen, und sie ließ sie dafür skrupellos ins Messer laufen. Sie konnte sich selbst kaum ertragen.

Die nächsten Stunden verbrachte Doreen mit dem vergeblichen Versuch, Marquardt oder Winterbloom an die Strippe zu kriegen und sich per Google über Kündigungsfristen und Entlassungsmodalitäten von Campingplatzpacht- und -arbeitsverträgen zu informieren. Sie brauchte dringend einen Plan! Ein Gegengift – aber was bloß?

Die Krisensitzung war für fünfzehn Uhr anberaumt, und schon um 14.30 Uhr quoll der Gemeinschaftsraum über, sodass die großen Glastüren nach außen geöffnet wurden und auch die Terrasse davor mit einbezogen werden konnte. Doreen schob sich durch die Menge und las Wut, Angst, Ungläubigkeit und Panik in den Gesichtern.

Am Rand der Terrasse entdeckte sie Hinnerk, der gerade telefonierte. Sie arbeitete sich zu ihm durch. Sie musste dringend mit ihm reden, bevor er sie eventuell mit der ganzen Sache in Verbindung brachte.

»Hi«, begrüßte sie ihn, nachdem er aufgelegt hatte.

Er drehte sich zu ihr um und schaute sie so eisig an, dass sie erstarrte. »Oh, die Hotelmanagerin!«, zischte er mit mühsam unterdrückter Wut. »Wann wolltest du mich denn über deine eigentliche Identität aufklären? Mich, den naiven Surferboy?« Aus seinen blauen Augen blitzte lodernde Verachtung.

»Ich …«, stammelte Doreen. Jedes Wort von Hinnerk tat ihr so weh, als würde er ihr ein Messer in den Leib stoßen.

»Du bist also auf der anderen Seite? Du arbeitest für diese Investorengruppe?« Er lachte zynisch. »Na, da hast du uns ja alle prima verarscht!« Die letzten Worte schrie er fast.

Entsetzt versuchte Doreen, etwas zu sagen, doch er wandte sich schon von ihr ab.

»Und ich Idiot habe tatsächlich etwas für dich empfunden«, sagte er bitter, nun wieder an sie gerichtet. »Ich möchte dich nie mehr wiedersehen!« Ohne ein weiteres Wort ließ er sie stehen und wühlte sich durch die Menge Richtung Bühne.

Doreen blieb entgeistert zurück. Schockiert wie nach einem Autounfall. Ihre Hände zitterten, ihr Mund war staubtrocken.

»Leute!«, rief Stine in diesem Moment von der Bühne. »Könnt ihr mich alle gut verstehen?« Sie klopfte auf das Mikrofon, das sie in der Hand hielt.

»Jo!«, schallte es zigfach aus der Menge. »Alles klar!«

»Ihr wisst ja inzwischen vermutlich alle, warum wir hier sind«, begann sie. »Alle Dauerstellplätze sind fristlos gekündigt worden. Unser schöner Campingplatz wurde an eine Investorengruppe verkauft, die hier ein Luxus-Glamping-Resort draus machen will!«

Buhrufe und trampelnde Empörung aus dem Publikum.

»Aber das Schlimmste ist«, rief nun Hinnerk, der auf die Bühne geklettert war und sich das Mikro gegriffen hatte, »dass unsere Doreen hier«, er zeigte auf sie, »das alles ganz genau gewusst hat!«

Hinnerks Gesicht war rot vor Zorn. Maßlos enttäuscht sah er sie an. Doreen war wie vom Donner gerührt. Die Menge drehte sich zu ihr um, und sie wäre am liebsten im Boden versunken. Noch nie in ihrem Leben hatte sie sich so geschämt.

»Diese Sache mit dem Biobauern und dem Campingverein Naturfreunde – alles erstunken und erlogen!«, fuhr er fort. »Die saubere Investorengruppe, für die unsere Frau Grüning hier arbeitet, möchte aus dem Campingplatz ein Getto für Superreiche machen. Damit die Elon Musks und Jeff Bezos dieser Welt auch mal ein bisschen einfaches Leben in der Natur kennenlernen – natürlich nicht ohne Champagner und Wagyu-Steaks.«

Er lachte verächtlich.

»Und unsere Freundin hier sollte dafür sorgen, dass ihr freiwillig kündigt, um kein Aufsehen zu erregen. Man wollte Verzögerungen und Imagebeschädigungen wie beim Lanserhof vermeiden.«

»Nicht wahr!«, brüllten vereinzelte Zuhörer entsetzt. Doreen erntete etliche hasserfüllte Blicke.

Jupp, der Maler, der neben ihr stand, schmiss ihr den zerknitterten Flyer vor die Füße: »Keene Haare uffm Kopp, aber 'n Kamm in der Tasche«, schimpfte er mit heiserer Stimme. »Und icke hätt mich fast da anjemeldet!«

»Ich ... äh ...«, stammelte Doreen.

»Dit is mir schnurzpiepe!« Resolut drehte er ihr den Rücken zu.

»Passt auf, Leute, es wird noch besser«, fuhr Hinnerk fort. »Das wirklich Interessante ist nämlich: Nicht nur wir, sondern auch die Gemeinde Hörnum wurde von den Investoren getäuscht. Sie haben ihr Resort dort als soziales Mehrgenerationenprojekt verkauft, mit vollkommen anderen Bauplänen – und sogar noch Zuschüsse dafür beantragt!«

Riesenempörung im Publikum. »Kann nicht sein!« und »Unglaublich!«, tönte es von links und rechts.

»Wir müssen uns dringend wehren, Leute! Das müssen wir verhindern! Ich werde gleich mal die Medienmaschinerie darauf ansetzen«, feuerte Hinnerk die Zuhörer an.

Lauter Beifall und Zustimmung ertönten.

»Halt!«, rief Doreen plötzlich laut in den Saal. »Ihr solltet auf keinen Fall die Presse einschalten. Damit verschießen wir sofort unser ganzes Pulver, wir sollten unser einziges Druckmittel strategisch einsetzen!«

»Hört, hört!«, rief Hinnerk höhnisch. »Respekt, dass du die Eier hast, dich hier noch zu Wort zu melden!«

Aufgebrachtes Gemurmel im Raum.

»Wen meinst du denn genau mit wir?«, erkundigte er sich. »Dich und A&P?«

»Nein, ich meine natürlich euch! Die Campingplatzbewohner und die Crew!«

»Ah so«, sagte er deutlich ungläubig. »Und?«

»Die Drohung, die Medien einzuschalten, ist euer Joker! Die A&P-Group will auf Biegen und Brechen schlechte Presse vermeiden. Damit können wir sie erpressen!« Doreen hatte sich mittlerweile bis zur Bühne durchgeschoben.

»Warum sollte ich dir glauben?«, fragte Hinnerk von oben.

»Weil ich es euch beweisen werde!«, rief Doreen zu ihm rauf. »Ich werde dafür sorgen, dass die A&P-Gruppe sich aus dem Projekt zurückzieht und den Kaufvertrag rückgängig macht! Versprochen!«

»Das ist doch nur schon wieder ein Trick«, konstatierte Hinnerk, klang aber eine winzige Nuance freundlicher.

»Gib mir einfach einen Tag Zeit!«, verlangte Doreen. »Wenn ich es bis dahin nicht erreicht habe, könnt ihr die Presse immer noch einschalten und alles nach euren Wünschen machen. Aber wäre es nicht besser, wir holen das Maximum für den Campingplatz aus der Situation heraus?«

Lebhaftes Gemurmel im Saal.

»Was meint ihr, Leute?«, fragte Hinnerk.

Das Gemurmel wurde lauter und aufgeregter.

»Warum willst du das machen? Du bist doch von der anderen Seite?«, rief jemand aus der Mitte des Saals.

»Ich habe in den letzten Tagen eingesehen, dass meine Arbeit für A&P vollkommen verkehrt war«, gab Doreen mit brechender Stimme zu. »Und ob ihr es glaubt oder nicht: Ich habe nicht geahnt, wie korrupt sie sind!«

Zweifelndes Gemurmel in der Menge.

»Okay, lasst uns abstimmen!«, beschloss Hinnerk. »Wer ist dafür?«

Etliche Arme hoben sich, und Hinnerk zählte still.

»Gut. Wer ist dagegen?«

Wieder schossen viele Arme in die Höhe, wieder zählte er.

»Eine knappe Mehrheit ist für Doreens Plan«, verkündete er schließlich.

»Okay«, beschloss er. »Mir ist zwar nicht besonders wohl dabei, aber du hast genau 24 Stunden – ab jetzt! Bis dahin, liebe Leute, bitte kein Wort nach außen. Wenn Doreen tatsächlich recht hat, wäre es dumm, es vorab zu vermasseln!«

»Ist gut!«

»Okay.«

»Kein Ding«, murmelten die Zuhörer.

»Mit Geld kann man seine Lage verbessern – aber nicht seinen Charakter«, zischte Mareike ihr zu, als Doreen erschöpft den Saal verließ. Sie war fix und fertig und zitterte am ganzen Körper. Mit Schwindelgefühlen ging sie zurück zum Bus, auf dessen Frontscheibe jemand mit rotem Lippenstift »Verräterin!« geschrieben hatte.

Sie ließ sich aufs Bett fallen und den Tränen freien Lauf. Was für eine Katastrophe! Wie konnte das alles nur derart schiefgehen?

Wenn alle sie jetzt hassten, könnte sie genauso gut Nägel mit Köpfen machen und die Bagger bestellen, dachte sie kurz trotzig. In ein paar Monaten wäre ihr Job hier erledigt und sie zurück im Hotel-Biz. In New York – oder Dubai …

Nein, schlug sie sich innerlich auf die Finger. Sie hatte die Sache hier vermasselt, etliche Menschen enttäuscht, verletzt und auch noch in ihrer Existenz gefährdet. Sie würde die Sache wie versprochen wieder geraderücken – das war sie nicht nur sich selbst schuldig!

In der kurzen Zeit auf Sylt war die Campingplatzcrew zu der Familie geworden, die sie nie gehabt hatte: fürsorglich, warmherzig und interessiert. Zweimal innerhalb kürzester Zeit war ihr das Leben gerettet worden – von zwei

Männern, die mit dem Campingplatz zu tun hatten. War das nicht sinnbildlich? Das hatte sie bislang erfolgreich verdrängt, aber ging es eigentlich noch klarer? Konnte der Wink mit dem Zaunpfahl noch deutlicher sein?

Um zu vermeiden, dass irgendjemand auf die Idee käme, sie noch zu besuchen, um sie zur Rede zu stellen, schloss sie die Bullitür und zog die Vorhänge zu.

Wo ist Marquardt jetzt?, fragte sie Frau Zemke per SMS.

19

Um 5:30 Uhr zwängte Doreen sich in ihr mittlerweile sehr eng sitzendes Businesskostüm, um die Siebenuhrmaschine nach Hamburg zu erwischen. Von dort wollte sie weiter nach Frankfurt fliegen.

Es hatte sich sehr ungewohnt angefühlt, ihre Haare wieder glatt zu föhnen und mit großen Mengen Haarspray und Festiger zu fixieren. Zum Glück waren die Sanitärräume um diese frühe Zeit vollkommen leer gewesen, sodass niemand sie dabei beobachten konnte.

Mit routinierten Bewegungen trug sie das alles verdeckende Make-up auf, das ihrem Gesicht einen so anderen Teint verlieh, als würde man einer Wand einen neuen Anstrich verpassen. Die Sommersprossen, die leichte Bräune, der Schönheitsfleck – alles weg.

Frau Zemke hatte ihr gestern Abend mitgeteilt, dass Herr Marquardt aktuell noch in Dubai sei, aber noch in der Nacht Richtung Los Angeles abreisen werde und morgen eine Zwischenlandung in Frankfurt hätte. Dort hätte er circa neunzig Minuten Aufenthalt in einer Private Suite der Lufthansa Welcome Lounge, in der er sich nach dem Nachtflug frisch machen wolle.

Doreen hatte Riesenglück gehabt, dass ausgerechnet heute eine Maschine von Westerland nach Hamburg ging.

In Turnschuhen und Kostüm, mit den Pumps und einer Tasche in der Hand, eilte sie über den morgendlich verschlafenen Campingplatz zur Rezeption, wo bereits ein Taxi auf sie wartete. Sie schlüpfte in ihre Businesspumps und deponierte die Turnschuhe unter einer Bank an der natürlich noch geschlossenen Rezeption. Sie würde Frau Zemke instruieren, sie dort abzuholen.

Auf dem Weg zum Flughafen Westerland zog die morgendliche Dünenlandschaft an ihr vorbei. Alles wirkte noch so unschuldig, so friedlich. Es waren kaum Menschen auf der Straße, und auch der Taxifahrer schien noch sehr müde.

Es war ein einsamer Kampf, zu dem sie sich hier aufmachte – und sie hatte nicht die geringste Ahnung, wie er ausgehen würde. Sie kam sich so verloren vor wie ein Boxer im Ring. Niemand konnte ihr jetzt helfen, da musste sie ganz alleine durch. Und konnte nur hoffen, dass ihre Haken heftig genug wären, um Marquardt k. o. zu schlagen. Es nützte nichts: Wenn sie vor der Campingplatzcrew ihren Kopf retten wollte, musste sie jetzt die Arschbacken zusammenkneifen und die Kohlen aus dem Feuer holen.

Das Flughafengebäude in Westerland war entzückend klein. Doreen musste schmunzeln, wie übersichtlich hier alles war, im Gegensatz zu all den Großstadtflughäfen dieser Welt, von denen sie schon gestartet war. Die große Lufthansa-Maschine wirkte fast schon grotesk auf dem kleinen Rollfeld, das mitten in den Tinnumer Wiesen lag. Es sah aus, als wäre ein Elefant versehentlich in Swiss Miniature gestolpert.

Beim Check-in und im Flieger bot sich ihr jedoch das gewohnte Bild: fast nur Männer in Anzügen, die Michael Ende in seinem Buch *Momo* mal so treffend als »die grauen Herren« beziehungsweise »die Zeitdiebe« beschrieben hatte.

Das war ihr altes Leben – ein seltsamer Flashback! Und einer, der ihr gar nicht mehr so gut gefiel, obwohl sie sich stets viel daraus gemacht hatte, Business zu fliegen und sich sehr wichtig vorzukommen.

Im Flieger informierte sie sich über die »Welcome Lounge«, in der sie Marquardt gleich überraschen würde: *Auf Langstreckenflügen die Nacht durchschlafen und morgens frisch und erholt den Tag beginnen?*, hieß es auf der Lufthansa-Website. *Mit einem Zwischenstopp in der Lufthansa Welcome Lounge kein Problem.* Sie erfuhr weiter, dass einen dort eine private Suite mit Badezimmer erwartete. Außerdem gab es auch ein Bistro mit Büfett und Arbeitsplätzen. Sogar seine Wäsche konnte man bügeln lassen.

Tja, so sah es also aus, das Leben eines Super-CEOs, dachte sie. Vor ihrem Sylt-Auftrag war das auch ihr Ziel gewesen. Und jetzt?

Sie scrollte weiter, denn laut Frau Zemke hatte Marquardt noch ein Special dazugebucht: Er residierte in einer sogenannten Grand Private Suite, die noch größer und exklusiver war. Die Fotos auf der Website zeigten einen plüschigen Raum mit gedämpftem Licht und vielen Kissen. Doreen war gespannt, ob und wie sie es schaffen würde, zu ihm durchzudringen.

Obwohl sie erwartet hatte, etliche Hürden nehmen zu müssen, um zu Marquardt vorzudringen, ging alles überraschend leicht: Doreens Businesskostüm und ihre souveräne Chefattitüde überzeugten die Marquardt zugeteilte VIP-Assistentin sofort, sie zu ihm durchzulassen. Einzig das Zeitfenster war sehr knapp: In dreißig Minuten würde er vom Limousinenservice zum Boarding abgeholt werden.

Marquardt saß mit vom Duschen noch feuchten Haaren am Tisch, hatte eine Zeitung vor sich ausgebreitet und führte gerade eine Tasse Kaffee zum Mund, als Doreen in seine Suite geleitet wurde. Ihm fiel vor Verblüffung fast die Tasse aus der Hand.

»Frau Brüning! Was machen Sie denn hier? Na, das ist ja eine Überraschung.«

Er sammelte sich, stand auf und reichte ihr formvollendet höflich die Hand. »Kommen Sie! Setzen Sie sich!« Er wies auf die Sofa-Lounge. »Was darf ich Ihnen bringen lassen?«

»Einen Orangensaft, bitte«, verlangte Doreen und setzte sich auf einen Platz ihm schräg gegenüber.

»Was kann ich für Sie tun?«, fragte er und schaute sie interessiert an.

»Ich fürchte, das wird kein sehr erfreuliches Gespräch für Sie werden, Herr Marquardt«, begann Doreen, und ihr Chef zog erwartungsvoll die Augenbrauen hoch.

»Ich komme direkt zur Sache: Die Pläne von A&P bezüglich des Campingplatzes sind aufgeflogen! Die findigen Mitglieder der Bürgerinitiative Rüm Hart haben sich nach Ihren gestrigen Spontankündigungen«, sie schaute ihn scharf an, »bei der Gemeinde Hörnum nach Ihren Plänen erkundigt und dort von Ihrem angeblichen sozialen Mehrgenerationen-Wohnprojekt erfahren, das so gar nicht mit den tatsächlichen Plänen übereinstimmt.«

»Und wie ist das Bürgernetzwerk an unsere Pläne gekommen?«, fragte Marquardt scharf.

»Ich weiß es nicht«, sagte Doreen. »Irgendwo muss es eine undichte Stelle gegeben haben. Aber so schwer war es nun auch nicht zu recherchieren, nachdem im Namen des Unternehmens die Kündigungen der Dauerpächter und des Personals rausgegangen waren. Es ist doch sehr unwahrscheinlich, dass eine Luxushotelkette plötzlich Millionen in ein soziales Wohnprojekt in bester Lage investiert, oder?«

Marquardt nickte zerknirscht. »Und die Gemeinde Hörnum weiß nun über unser eigentliches Vorhaben Bescheid?«, fragte er sichtlich besorgt.

»Noch nicht«, sagte Doreen entgegen der Wahrheit und nahm den Orangensaft entgegen, der ihr soeben von einer Servicekraft serviert wurde. »Deshalb bin ich ja hier.«

»Schießen Sie los«, forderte Marquardt sie auf und schaute demonstrativ auf seine Uhr, die vermutlich den Gegenwert eines Einfamilienhauses hatte.

»Sie und Ihre Investoren haben die Gemeinde Hörnum vorsätzlich getäuscht. Sie haben Ihr geplantes Glamping-Resort dort als soziales Mehrgenerationenprojekt verkauft, mit vollkommen anderen Bauplänen – und sogar noch Zuschüsse dafür beantragt!«

Marquardt räusperte sich verlegen.

»Die Gemeinde Hörnum wird Sie vermutlich verklagen und wegen Vortäuschung falscher Tatsachen zur Rückabwicklung des Kaufes zwingen«, fuhr Doreen fort. »Es wäre klug, das Gesicht zu wahren und das Ganze nach außen so aussehen zu lassen, als würden Sie sich zugunsten eines sozialen und ökologischen Alternativplanes für den Campingplatz zurückziehen. Das wäre eine Imagepolitur statt einer massiven Schädigung.«

»Hm«, machte Marquardt und nippte an seiner Tasse. »Und weiter?«

»Das Bürgernetzwerk scharrt schon mit den Hufen, mit der Sache an die Presse zu gehen. Das würde einen Riesenshitstorm in den sozialen Medien nach sich ziehen, der wiederum ganz schnell zu leeren Häusern und dem völligen Verruf Ihrer Kette führen kann. Sie haben die Gemeinde belogen, die Sache wird also in jedem Fall auffliegen.«

Doreen machte eine bedeutungsvolle Pause.

»Ich biete Ihnen an, Ihnen zu helfen, das Gesicht zu wahren, wenn Sie sich jetzt umgehend aus der Sache wieder rausziehen und den Kauf rückgängig machen – ansonsten kann ich für nichts garantieren.«

Nachdenklich stellte Marquardt seine Tasse ab.

»Ich bin quasi als Vermittlerin hier, um für Sie zu retten, was noch zu retten ist«, mahnte Doreen eindringlich. »Die Bürgerprotestler waren einzig durch die Zusicherung, dass ich heute noch mit Ihnen verhandeln werde, davon abzuhalten, die Pressemeute auf Sie zu hetzen. Wie Sie sich vorstellen können, sind Ihre Sympathiewerte bei denen ziemlich im Keller.«

»In Ordnung«, gab Marquardt klein bei. »Ich schließe mich gleich mit Winterbloom und den Investoren kurz.«

»Tun Sie das«, sagte Doreen und erhob sich. »Aber viel Spielraum ist nicht: Ich muss den Rüm-Hartlern bis heute Abend Bescheid geben.«

»Verstanden«, nickte Marquardt. »Und Ihre Kündigung reichen Sie bitte auch gleich ein«, sagte er kalt.

»Ich habe nicht vor zu kündigen«, antwortete Doreen resolut.

Er lachte verächtlich. »Meine liebe Frau Brüning, es ist doch wohl unbestreitbar klar, dass Sie auf ganzer Linie versagt haben. Ich nehme deshalb an, Sie möchten lieber selber kündigen, als von uns gekündigt zu werden, oder?«

So ein Schlitzohr, ärgerte sich Doreen. Auch auf der untergehenden Titanic pokerte er noch und verkaufte sie für dumm. »Nein, da ich ungern auf meine sechsstellige Abfindung verzichten würde«, zischte sie ihm kalt zu und sah ihm dabei direkt in die Augen.

Marquardt stand der Mund offen. K. o. in der zweiten Runde.

»Ich wünsche Ihnen einen angenehmen Flug«, säuselte Doreen lächelnd und drehte sich auf dem Absatz um. »Und übrigens«, wandte sie sich ihm an der Tür noch mal zu. »Ich heiße Grüning. Mit G wie Geld. Kleine Eselsbrücke – müssten Sie sich eigentlich gut merken können!«

Sie ließ einen vollkommen verblüfften Marquardt zurück

und ballte im Geiste triumphierend die Faust zu einem »Tschakka!«.

20

Glücksgefühle rauschten durch ihren Körper, als Doreen durch das Terminal eilte, um den nächsten Flug nach Hamburg zu erwischen. Sie hatte es tatsächlich geschafft! Sie hatte Marquardt in die Enge getrieben. Was das für sie selbst und ihr Selbstvertrauen bedeutete, konnte sie noch gar nicht fassen. Aber Fakt war: Höchstwahrscheinlich hatte sie den Campingplatz und dessen Bewohner gerettet!

Das Boarding für die nächste Maschine in die Hansestadt lief bereits, sodass Doreen ohne lästige Wartezeit an Bord gehen konnte.

Als der Flieger abhob und Richtung Norden schwebte, fragte sie sich, was Marquardt jetzt wohl tun würde. Würde er noch mal einen Haken schlagen? Sich noch irgendeine Wende ausdenken? Sie konnte es sich beim besten Willen nicht vorstellen und hoffte nicht, dass es am Abend noch eine unangenehme Überraschung geben würde.

Sie dachte an den gerade erfolgten Schlagabtausch in der VIP-Suite zurück. Noch vor Kurzem hätten das edle Ambiente und der vornehme Upperclass-Luxus sie tief beeindruckt – aber aktuell fand sie einen Grillabend am Strand viel reizvoller.

Auch die Stadt kam ihr plötzlich absurd groß und wuselig vor, als sie sich per Taxi vom Hamburger Flughafen zum Bahnhof Altona chauffieren ließ. So viel Beton, so viele Autos und Menschen, so viel nervöser Betrieb und Lärm. So viele hohe Häuser, die Schatten warfen, den Blick zum Horizont verdeckten und hinter denen die Sonne verschwand.

Die Zeit auf Sylt hatte sie dünnhäutig gemacht. Sie hatte nie gemerkt, wie sehr sie die Natur vermisst hatte – bis sie auf der Insel gelandet war. Und nun konnte sie sich eine Rückkehr in diese hektische Betonwüste gerade gar nicht mehr vorstellen.

Im Laufschritt eilte sie über die Altonaer Bahnsteige, um die Nord-Ostsee-Bahn nach Westerland noch zu erwischen. Genau in dem Moment, in dem der Schaffner zur Abfahrt pfiff, sprang sie ins hinterste Abteil und musste sich dann schweißtreibend einmal durch den gesamten Zug nach vorne arbeiten, um in die erste Klasse zu gelangen, die zum Glück vollkommen leer war.

Erschöpft ließ sie sich auf die Polster fallen, zog endlich die beengende Kostümjacke aus, streifte die Pumps ab und legte die Beine hoch. Draußen ging gerade die Sonne unter, und der Zug transportierte sie immer weiter raus aus der Stadt. Die Häuserzeilen dünnten sich aus, bis sie nur noch durch Wiesen und Felder fuhr, die in das warme, orange Licht der Abendsonne getaucht waren.

Langsam fiel die Anspannung von ihr ab. Sie checkte auf

dem iPhone ihre Mails und las mit klopfendem Herzen die erwartete Nachricht von Marquardt, die vor zwanzig Minuten in ihrem Postfach eingegangen war. Eine Anwaltskanzlei teilte ihr darin mit, dass der Campingplatzkauf rückabgewickelt werden würde, und schlug ihr zudem einen Vergleich für ihre fristlose Kündigung vor: Er beinhaltete 100.000 Euro Abfindung!

Eine Glücksexplosion schoss in Doreen hoch. Sie ballte die Faust und stieß einen so lauten Jubelschrei aus, dass mehrere Gäste in der etwas entfernten zweiten Klasse sich irritiert zu ihr umdrehten, wie sie über mehrere Sitzreihen erkennen konnte. Sie steckte ihr Handy wieder ein und bestellte sich beim Servicemitarbeiter zur Feier des Tages einen Piccolo, der ihr sofort zu Kopf stieg.

Als sie über den Hindenburgdamm fuhr und die Sterne sich in der Nordsee spiegelten, rannen ihr ein paar Glückstränen über die Wange.

Es war schon nach 23 Uhr, als ihr Taxi auf dem Campingplatz vorfuhr und vor dem Noerske hielt. Doreen stieg aus und bezahlte. Es war eine traumhafte, laue Sommernacht. Der Himmel hatte immer noch einen hellen Streifen am Horizont, obwohl die Sonne längst untergegangen war. Grillen zirpten, das Meer rauschte, und Doreen sog die salzige Heckenrosenduft-Luft ein wie eine Süchtige.

»Hey, Businessfrau!«, hörte sie Stine plötzlich rufen. Die saß bei Kerzenschein mit Tjerk auf der ansonsten leeren Terrasse. »Komm doch noch zu uns hoch!«, forderte sie sie auf.

»Du sprichst wieder mit mir?«, fragte Doreen so erstaunt wie erfreut, als sie sich an den Tisch setzte.

»Nützt ja nix«, antwortete Stine und lächelte schmal. »Nun erzähl schon! Wie ist es gelaufen?«

Stolz berichtete Doreen von ihrem Erfolg, und Stine fiel ihr am Ende weinend in die Arme.

»Du bist eine Heldin!«, schluchzte sie. »Gestern war ich noch vollkommen geschockt, weil ich dachte, ich hätte mich in dir getäuscht, aber jetzt weiß ich wieder, dass ich genau richtiglag.« Sie drückte sie an ihren großen Busen und küsste sie mehrfach auf die Wangen.

»Ich geh mal in die Küche und hol uns zur Feier des Tages ein bisschen was zu essen«, verkündete Tjerk schmunzelnd und verschwand im Restaurant.

Kurz darauf kam er mit einer Platte voller Köstlichkeiten und einer Flasche Champagner zurück.

Sie stießen an, und Doreen machte sich ausgehungert über das herrliche Essen her. Das Businesskostüm würde sie ja so schnell nicht wieder anziehen, wie es aussah, also konnte sie die Kalorienkontrolle ja mal eine Zeit lang ausschalten, beschloss sie.

»Wie war denn eigentlich der Ausflug in dein altes Leben?«, erkundigte sich Stine mit vollem Mund.

»Merkwürdig ...«, überlegte Doreen. »Es kam mir plötzlich alles so schal vor ... So grau ...«

Stine lachte verstehend. »Jeder macht in seinem Leben mal etwas durch, Schätzchen«, sagte sie, »was ihn so verändert, dass er nie wieder zu der Person werden kann, die er davor war.«

»Wow«, sagte Doreen. »Das ist wohl wahr.«

Sie stießen erneut an, und Stine zwinkerte ihr warmherzig zu.

»Wir müssen jetzt allerdings dringend überlegen, wie es weitergehen soll«, verkündete Doreen, nachdem Tjerk das Essen wieder abgeräumt und ihnen einen Espresso serviert hatte. »Wir sollten schnellstens ein Alternativkonzept aufstellen, das wir der Gemeinde Hörnum vorlegen können. Meinst du, wir kriegen morgen ein Meeting mit Hinnerk hin?«

»Meeting!«, kicherte Stine. »Ja klar!«

21

Es war eine Heidenarbeit, aber am Ende der fast vierstündigen Diskussionsrunde auf der Terrasse des Noerske, zu der Hinnerk sie äußerst reserviert und schmallippig begrüßt hatte, hatten sie tatsächlich einen Plan gefasst: Hinnerk, Stine, sie selbst und noch zwei andere Rüm-Hart-Mitglieder würden eine GbR gründen und sich mit einem klimaneutralen Ökokonzept als Pächter des Campingplatzes bewerben.

Die Einzelheiten des Konzeptes sollte Doreen in den nächsten Tagen ausarbeiten. Der Platz sollte sich autark durch Sonnen- und Windenergie versorgen, es sollte einen eigenen Biogemüse-Anbau in Gewächshäusern und Hochbeeten geben und in Kooperation mit Bauer Clausen einen Bestand an Schafen, Ziegen, Hühnern und Kühen, die zwar auf seinen Weiden standen, deren Produkte (Eier, Milch, Käse, Joghurt, Fleisch) aber auf dem Campingplatz angeboten werden sollten. Der Clou aber war tatsächlich eine Mehrgenerationenzone, in der Jung und Alt zusammenwohnen konnten, wenn sie Lust dazu hatten. Einsame Senioren konnten sich dort als Teilzeitomas und -opas für sozial benachteiligte Großfamilienkinder bewerben – oder Granny-

Kochkurse anbieten, Malkurse geben, Märchen vorlesen und und und ... Die Möglichkeiten waren endlos. Und Doreen dachte bei der Konzeption mehrfach gerührt an die wunderschönen alten Hände, die alle eine andere Geschichte erzählten ...

Die Gelder für das Projekt wollte die GbR aus einer Spendenaktion generieren – und Doreen wollte ihre gesamte Abfindung einsetzen.

»Du bist ja doch nicht so schrecklich, wie ich dachte«, sagte Hinnerk versöhnlich, als sie sich nach dem Meeting voneinander verabschiedeten. »Sehr eindrucksvoll, wie du das Ruder rumgerissen hast. Und dass du dein ganzes Geld einsetzt – Respekt!«

Er schaute sie mit seinen himmelblauen Augen ernst an, und Doreen durchfuhr schon wieder diese merkwürdige Vibration.

»Dafür kriegste auch ein paar Gratissurfstunden.« Er lächelte, und die Vibration wurde schlimmer.

»Gebongt!«, wisperte Doreen und fragte sich im Stillen, aus welcher Ramschschublade ihr verstörtes Gehirn diesen schrecklichen Ausruf gekramt haben mochte.

Die nächsten Tage arbeitete sie wie besessen an dem Konzept, beriet sich immer wieder mit Frau Zemke und Stine – und legte es schließlich Hinnerk vor, der es sofort begeistert absegnete und einen Termin mit den Vertretern und Entscheidungsbefugten der Gemeinde Hörnum vereinbarte.

Ein paar Tage später trafen sie sich vor dem Amtssitz der

Gemeinde, um das Konzept vorzustellen: Hinnerk im Anzug, Stine im Abendkleid und Doreen im Kostüm. Die beiden Sylter sahen beeindruckend seriös und elegant aus, und Doreen konnte sich speziell an Hinnerks Anblick kaum sattsehen.

Die Gemeindevertreter waren erwartungsgemäß begeistert von dem Konzept und sicherten ihnen einen Zwanzig-Jahres-Pachtvertrag sowie finanzielle Unterstützung zu.

Das Echo in der Presse war überwältigend positiv, woraufhin die Spendenaktion eindrucksvoll anlief und reichlich zusätzliche Mittel in die Kasse spülte.

Die größte Überraschung war jedoch, dass die Aquarius-Group zum Schluss sehr medienwirksam noch eine große Spende machte, um keine Zweifel an ihrem sozialen und ökologischen Image aufkommen zu lassen. Schon im Herbst, nach Ende der Saison, sollte der Umbau beginnen.

Für kommenden Samstag war deshalb eine große Siegesparty im Noerske angesetzt.

Da sie nun ja arbeitslos war, füllte Doreen die Tage bis dahin mit der neuen S-Klasse in ihrem Leben: surfen, stricken, schlemmen, saunieren, saufen und schlafen. Fehlte eigentlich nur noch das wichtigste S-Wort: Sex!

22

Am Tag des großen Festes stolperte Doreen nachmittags versehentlich in eine überraschend intime Szene: Sie wollte sich von Margit Zemke, die solidarisch im Parisienne gekündigt hatte und mit der sie sich inzwischen duzte, etwas Kaffeepulver leihen und überraschte sie dabei, wie sie Ove vor ihrem Zelt gerade liebevoll den Vollbart abrasierte. Sein Gesicht war voller Schaum – genau wie Margits Hände und Arme. Die beiden schienen bester Laune zu sein, denn sie kicherten und prusteten in einer Tour und bemerkten Doreen erst, als sie sich räuspernd auf sich aufmerksam machte.

»Ich wollte euch nicht stören«, entschuldigte sie sich dafür, dass sie wie ein Trampel in diesen Moment hineingeplatzt war.

»Macht doch nichts«, lachte Margit. »Ich bin gleich fertig! Dann kannst du Zeugin werden, wie dieser wundervolle Mann plötzlich zwanzig Jahre jünger aussieht.«

Sie kicherte, vollführte noch ein paar letzte Rasurstriche und wischte dann mit einem Handtuch den Schaum von Oves Gesicht. Die Verwandlung war verblüffend: Er sah tatsächlich ein bisschen aus wie Clint Eastwood in seinen besten Jahren. Oder Robert Redford.

Margit schaute ihn hingerissen an. »Ich habe ja geahnt, dass du gut aussiehst, Ove! Aber so gut??«

Sie trat einen Schritt zurück, um ihn genauer zu betrachten. Er schaute verlegen zur Seite, nahm ihre Hand und drückte sie.

»Wow!«, rief auch Doreen aus. »Willst du dich nicht als Best-Ager-Modell bewerben? Für Aftershave oder Motorräder oder so?«

»Ihr spinnt doch!«, lachte er, strich sich neugierig über sein nun glattes Kinn und erhob sich. »Ich muss mich fürs Fest umziehen. Danke, Maggie!« Er gab ihr einen Kuss auf die Wange, woraufhin sie errötete. Langsam lief er über den Zeltplatz.

»Maggie??«, schmunzelte Doreen. »So weit seid ihr schon?«

Margit winkte verlegen ab und sammelte das Rasierzeug ein. »Es ist nicht, wie du denkst!«

»Oh, doch! Ich glaube schon!«, beharrte Doreen, verzichtete aber pietätvoll darauf, weiter darauf einzugehen. Sie nahm sich den Kaffee und ging zurück zum Bus, um sich für die große Party zurechtzumachen.

Stine und die Noerske-Crew hatten für die Organisation des Fests ganze Arbeit geleistet: Die Terrasse des Noerske war mit bunten Lampions und Girlanden geschmückt. Eine Band spielte, und auf mehreren Grills wurden diverse Köstlichkeiten gebraten. Es gab Bier vom Fass – und an einer Außenbar diverse Cocktails nach Wunsch.

Obwohl es noch früh am Abend war, war es schon knackevoll, und es herrschte aufgeregter Trubel. Alle Gäste hatten sich in Schale geworfen und wollten den großen Sieg feiern. Sogar Daisy, die das Treiben aus sicherer Entfernung im Liegen betrachtete, hatte man eine rosa Schleife um den Hals gebunden.

Viele Bewohner gratulierten Doreen und beglückwünschten sie zu Konzept und Verhandlungen. Mattes versprach ihr lebenslange Gratisreparaturen ihres Bullis, und Mareike entschuldigte sich für ihre barschen Worte, nachdem der A&P-Schwindel aufgeflogen war.

Schnell war die Tanzfläche eröffnet, und Doreen beobachtete gerührt, wie sich Stine mit dem Maler Jupp aufs Parkett wagte – und Margit mit Ove, der zum ersten Mal, seit sie ihn kennengelernt hatte, aus seinem Overall gestiegen war und ein weißes Hemd und Jeans trug, wodurch er noch eine Nuance besser aussah. Beide Paare bewegten sich seltsam harmonisch und vertraut.

»Darf ich bitten?«

Bevor Doreen weiter über die Konstellationen nachdenken konnte, zog Hinnerk sie auf die Tanzfläche. Er nahm ihre rechte Hand und legte sie an seine Schulter, hielt sie dort sanft fest und umfasste mit dem anderen Arm ihre Taille. Und dann führte er sie – kernig, männlich, klar. Als hätten sie nie etwas anderes gemacht, schwebten sie synchron über die Tanzfläche, und Doreen sog wieder seinen betörenden Duft ein. So nah wie jetzt war sie ihm noch nie gekommen. Ihre Körper klebten aneinander, und sie spürte seine Bartstoppeln an der Wange, die gar nicht piksig und hart, sondern überraschend weich waren.

Plötzlich stoppte die Musik, und Tjerk klopfte an das Mikro.

»Sorry, liebe Leute, ich will gar nicht lange unterbrechen, sondern nur verkünden, dass wir drinnen ein Megabüfett aufgebaut haben, das hiermit nun eröffnet ist!«

Jubelschreie und Beifall ertönten, und die Menge strömte begeistert in die Innenräume.

»Hast du Hunger?«, fragte Hinnerk lächelnd und ließ sie los.

»Ja«, sagte sie, obwohl sie nein meinte.

Die Nähe zu Hinnerk hatte sie so aufgewühlt, dass sie keinen Bissen herunterbekommen würde. Aber es wäre auch erleichternd, wenn er sie loslassen und dadurch das Emotionskarussell in ihrem Inneren stoppen würde.

»Ich hole uns was«, sagte er und verschwand in der Menge.

Doreen setzte sich am Rand der Terrasse auf eine Bank und beobachtete die aufgeregte Meute, die mit gefüllten Tellern nun wieder aus dem Noerske strömte. Plötzlich blieb ihr Blick an einem ihr nur zu gut bekannten Gesicht hängen: Erika!! Was, um Himmels willen, machte ihre Mutter denn hier?

»Dori!«, rief Erika, die sie in diesem Moment ebenfalls entdeckt hatte, und kam auf sie zu.

Unschlüssig und verlegen blieb sie vor ihr stehen. Sie sah besser aus, als Doreen sie in Erinnerung hatte. Ihre Haare waren zwar grau geworden, aber sie war nicht mehr so dick und auch die tiefen Augenringe schienen verschwunden.

»Hallo, Erika«, begrüßte Doreen sie knapp. »Was machst du denn hier?«

»Stine hat mich eingeladen.« Es klang fast entschuldigend, und Erika zog fragend ihre Schultern hoch.

»Gut siehst du aus«, überging Doreen die Info. Sie würde Stine später dazu befragen.

»Ja, es geht mir auch besser«, sagte Erika und lächelte stolz. »Ich bin seit einem Jahr trocken!«

»Echt?«

»Ja!«, nickte ihre Mutter. »Nach dem dritten Entzug hat es endlich geklappt.« Sie lachte beschämt.

»Und wie geht es dir damit?«

»Wunderbar!«, strahlte Erika. »Ich hab mir durch den Scheißalkohol so viel genommen.« Sie schaute betreten auf den Boden. »Und euch ...« Sie hob den Blick wieder und schaute Doreen in die Augen. »Dori, es tut mir so leid!«

»Mama ...«, wollte Doreen gerade ansetzen, als Stine herbeieilte.

»Komm, Erika, du hast doch sicher auch Hunger!«, bestimmte Stine barsch, hakte Erika unter und zog sie Richtung Noerske. Verdattert blickte Doreen den beiden hinterher.

»Frau Grüning?«, hörte sie eine männliche Stimme neben sich.

»Ja?« Doreen drehte sich um und schaute in das blonde Jungengesicht von Tobi.

»Kann ich jetzt endlich meinen Bus wiederhaben?«

Doreen lachte. »Ja, klar, mein Lieber! Oder …« Sie machte eine Pause. »Würdest du ihn mir eventuell verkaufen?«

»Oh … Das müsste ich mir überlegen«, stammelte Tobi überrascht.

»Tu das!«, sagte Doreen. »Was machst du eigentlich hier?«

»Mein Cousin arbeitet im Noerske und hat mir von der Übernahme durch Ihre GbR und dem Fest erzählt. Tolle Sache!« Er räusperte sich und sah sie ehrfürchtig an. »Ich habe übrigens Hochachtung vor Ihrer Courage, Frau Grüning. In der gesamten Hamburger Hotelbranche munkelt man über Ihren genialen Deal.« Er stieß mit seiner Bierflasche an ihre. »Gratulation dazu!«

Stine wühlte sich durch die Menge und setzte sich neben sie. »Entschuldige bitte die Sache mit Erika, Dori. Ich dachte, es wäre an der Zeit, dass ihr euch wieder versöhnt. Ich hoffe, das ist okay für dich?«

»Hmm …«, machte Doreen, die sich darüber noch nicht ganz klar war.

»War gar nicht so einfach, ihre Nummer rauszukriegen«, plapperte Stine verlegen weiter. »Mareike hat mir geholfen. Die kennt sich ja mit diesem ganzen neumodischen Kram, Google und so, viel besser aus als ich.«

»Aha …«

»Ich finde deine Mutter übrigens sehr nett! Ich könnte mir vorstellen, dass wir Freundinnen werden.«

Bevor Doreen dazu etwas sagen konnte, kam Hinnerk

endlich zurück und überreichte Doreen einen übervollen Teller mit jeder Menge Köstlichkeiten.

»Sorry«, sagte er und ließ sich erschöpft neben sie fallen. »Hat etwas gedauert. Die Schlange am Büfett war endlos.«

Der Abend ging mit essen, trinken, tanzen und klönen weiter, und Doreen hatte schon einen deutlichen Schwips und wunde Tanzfüße, als die Musik kurz vor Mitternacht erneut verstummte und Hinnerk zum Mikro griff.

»Liebe Doreen«, begann er, und Doreen schoss augenblicklich die Röte ins Gesicht. »Du bist doch jetzt arbeitslos, oder?« Er lächelte.

»Sieht so aus«, stammelte sie überrascht.

»Was hast du denn jetzt vor?«

»Ich weiß noch nicht!« Wurde das jetzt ein öffentliches Verhör?

»Das ist sehr gut«, grinste Hinnerk, »denn wir, also die GbR und die Pächter, möchten dir ein Angebot machen!«

»Ja?«, sagte Doreen zögerlich.

»Wir möchten, dass du Geschäftsführerin des neuen Campingplatzes wirst!« Er strahlte sie an.

Lauter Applaus, Jubelrufe und Fußgetrampel ertönten. Viele drehten sich zu ihr um und schauten sie neugierig an.

»Und?«, fragte Hinnerk. »Nimmst du unser Angebot an?«

»Ja«, sagte sie mit tränenerstickter Stimme und wässrigen Augen.

Erneuter Jubel brandete auf. »Hurra!«-, »Bravo!«- und »Super!«-Schreie erklangen.

Hinnerk ging zu Doreen, nahm sie liebevoll in den Arm und überreichte ihr das Mikrofon.

»Danke«, sagte sie schluchzend und wischte sich die Tränen aus dem Gesicht. »Ich bin wirklich gerührt! Danke!«

Die Musik setzte wieder ein, und aus dem Lautsprecher tönte *We are the Champions*, woraufhin die Feiernden in Massen auf die Tanzfläche strömten.

»Kommst du mal mit?«, fragte Hinnerk, nahm zärtlich ihre Hand und zog sie durch die Dünen hinter sich her, bis sie schließlich am menschenleeren Strand standen. Über sich die Sterne, vor sich die rauschende Brandung, an ihren Füßen den warmen Sand und in der Ferne die leise Musik der Party.

Hinnerk schaute ihr tief in die Augen und zog sie sanft an sich.

»Ich muss dir etwas sagen, Frau Grüning«, flüsterte er mit rauer Stimme. »Ich habe mich restlos in dich verliebt, du toughe, mutige Kämpferin!«

Er hielt inne und schaute sie so intensiv an, dass ihr schwindelig wurde.

»Gemeinsam könnten wir die Welt retten!«

»Na ja«, krächzte sie. »Es muss ja vielleicht nicht gleich die ganze Welt sein – wir könnten es ja erst mal mit Sylt versuchen!«

»Einverstanden«, raunte er und strich ihr zärtlich eine lockige Strähne aus dem Gesicht, was Doreen augenblicklich erschauern ließ.

»Ich habe sofort gewusst, dass hinter deiner harten

Schale eine leidenschaftliche, warmherzige Frau steckt«, flüsterte er weich. »Und es hat mich extrem gereizt, deinen Panzer zu knacken!«

Er nahm ihr Gesicht in beide Hände, und Doreen zitterte vor innerer Aufregung, als er endlich seine samtweichen Lippen auf ihre legte und sie eine warme Flutwelle durchströmte.

Sie küssten sich, bis sie Sterne sahen. Und damit waren nicht die am Himmel gemeint …

Und spätestens jetzt kapierte Doreen es endgültig:

The best things in life are free!

Ende

Ich danke …

… diesmal zuallererst Ulli Voigt, der mich als Kunststudent in Berlin in meinen ersten drei Lebensjahren so liebevoll, kreativ und sanft betreut hat, dass ich noch bis heute ein warmes Gefühl bekomme, wenn ich den Namen Ulli höre. Lieber Ulli, danke für alles! Du hast eine sehr wirkungsvolle Saat von Liebe in meinem Kinderherzen gesät – herrlich, dass es dich immer noch gibt!

… meiner Mutter Gisela für ihre niemals endende Unterstützung und Liebe – und für die erfolgreiche Aussaat von sprudelnder Kreativität in die Seelen ihrer Töchter.

… meinen Schwestern Julia und Lara für Liebe, lustige Witze und gute Ideen.

… »der anderen« Claudia für Wärme, Wellness und Wohnmobile.

… meinem Vater Klaus für Stärke, das »Immer nach den Sternen greifen«-Gen und Liebe.

… Lini-Bini für ständiges Entzücken und Dauergrinsen in meinem Gesicht. Kein Kind ist hübscher, smarter, intelligenter – und charmanter. Vor allem hat kein anderes Mädchen grünere Augen. ☺

... Pauline dafür, dass sie ihr weiches Wuschelfell stets bereitwillig für meine Streichelattacken hergibt, ihre wunderschönen orangebraunen Bernsteinaugen, ihr hundertprozentiges Gespür für meine Stimmungen, ihre unvergleichliche Treue, ihren Elvis-artigen Hüftschwung beim Spazierengehen und ihr beruhigend ruhiges Atmen nachts vor dem Sofa.

... der großartigen Susanne Matthiessen für Austausch und Inspiration.

... Christina G. fürs Hosen-Runterlassen, lange Strandspaziergänge, tolle Gespräche und bewundernswerte Frostresistenz. 😉

... Angelika Gamsjäger und Sandra Finzel von Wempe in Kampen für ihren grandiosen Service und ihre einmalige Freundlichkeit und Kompetenz.

... meiner Cousine Anja und Schwippschwager Christian für Anregung und Inspiration während der Nordseespaziergänge und Ottolenghi-Koch-Arien.

... Andreas Blumenthal von Wempe Hamburg für stets grandiosen Service.

... meinen Tanten Frauke und Barbara dafür, dass sie meine geliebten Tanten sind.

... meiner geliebten Oma Annemarie.

... meinen Cousinen und Cousins Kerstin, Jan, Stefan und Nina und deren »besseren Hälften« Viola, Heike, Olli und Ingo – einfach fürs Da-Sein.

... meinen toughen, coolen Halbschwestern und Cousinen väterlicherseits: Katharina, Friderike und Alexandra und ihren Kinderhorden, sowie Juliane und Franziska.

... den zahlreichen Nichten und Neffen »um die Ecke« – Ben, Maria-Fee, Theresa, Antonia, Alena, Julian, Tom, Laurin und Julian No. 2 – genauso.

... Susanna für Freundschaft, Nervenstärke, Geduld und Unterstützung.

... Veronika und Friedhelm für Liebe, Wärme, Respekt, Großzügigkeit, Humor – und ihr wirklich absolut wundervolles Kind.

... Karina L. für kommende Bestseller. Wir sind ein Winning Team wie die Beatles!

... meiner Agentin Meike Herrmann für feinfühliges Verständnis auch zwischen den Zeilen, Unterstützung, Motivation und ihr tolles Management.

... Heinke Hager, Stefan Lingg und allen anderen Mitarbeitern der Agentur Graf für ihren großartigen Support.

... ganz besonders auch diesmal wieder Claudia Winkler vom Ullsteinverlag fürs unbeirrbare und erfolgreiche An-mich-Glauben, große Geduld und die wie immer inspirierende und produktive Zusammenarbeit.

... Jörg Auf dem Hövel von Rock Lobster Webdesign (www.rocklobsterweb.de) für die Gestaltung und Wartung meiner Website www.claudiathesenfitz.de

... Marina und André vom Kino Nordlicht für ihr tolles, werbeunabhängiges Programm, Freundlichkeit und Freundschaft! www.kino-nordlicht.de

... Elke Wenning für die tollen Lesungen im Kursaal Hoch 3.

... und zum Schluss natürlich Sylt, du wundervolle Insel, für deine ganz besondere Magie, das grüne Meer, die wilde Brandung und das Glück, das jedes Mal in mir aufsteigt, wenn ich deinen sandigen Boden betrete.

Clash-of-Culture vom Feinsten: feinsinnig und warmherzig

Amaya ist 30 und Single. Eine Konstellation, die ihre marokkanischen Eltern in stete Sorge versetzt. Um ihnen einen Gefallen zu tun, geht Amaya auf ein Date mit Ismael. Doch es ist sein bester Freund Daniel, der ihr Herz höherschlagen lässt. Daniel ist allerdings nicht nur Atheist, sondern auch noch Schwabe – kulturelles Neuland für Amaya. Als sie ihren Eltern aus der Not heraus schließlich Ismael als potenziellen Schwiegersohn vorstellt, während Daniel staunend daneben sitzt, ist das Chaos perfekt …

Abla Alaoui

Bissle Spätzle, Habibi?

Roman

Klappenbroschur

Auch als E-Book erhältlich

www.ullstein.de

ullstein